KB273980

허공에 안착하기

허공에 안착하기

허공에 안착하기

이예은

바다출판사

어떤 폭풍우 속에서도 나를 기다려 주는 빛,

나의 영원한 항구 아버지에게 이 책을 바칩니다.

목차

주름의 문장

몸은 가장 오래된 기억의 그릇이다. 잊었다고 믿었던 삶의 한 장면도 어느 날 허리를 숙였을 때, 주머니를 더듬는 손끝에서, 익숙한 냄새 앞에서 말없이 되살아나곤 한다. 어깨뼈 사이에 숨어 있던 소리가 새어 나오고 굳은 무릎에는 오래된 노동의 감각이 묵직하게 주저앉아 있다. 사진을 찍는다는 건 몸 깊은 곳에 각인된 기억의 낮은 울림에 귀를 기울이는 일일지도 모른다. 언어보다 앞선 표정과 정직한 감각으로 겹겹이 쌓인 기억의 여러 층위를 가만히 응시하는 일 말이다.

어머니는 종종 자신의 손을 내려다보며 못생겼다고

말하곤 했다. 그녀의 삐뚤어진 마디와 굵어진 관절에는 삶을 움켜쥐느라 패인 주름들이 깊다. 그에 비해 길고 하얀 내 손을 보며 자신의 손과 달리 참 예쁘다고 말하던 어머니의 눈빛은 어디론가 멀리, 자신의 젊은 날을 바라보는 것 같기도 했다. 그 시선 너머에 그녀의 하루와 고단함 그리고 애써 감춘 어떤 서러움이 내려앉은 듯했다. 나는 자주 그런 어머니의 손을 떠올린다. 쌀을 씻을 때마다 물결을 일으키던 그 투박하고 단단한 마디들과 젖은 행주를 짜내느라 비린내가 배어 버린 살결, 그리고 겨울바람에 쩍쩍 갈라지던 그 손등을 기억한다. 그 손이 얼마나 많은 것을 움켜쥐고 있었는지 쉽게 잊을 수가 없다. 삶을 버티느라 꽉 쥔 두 손안에는 말하지 못한 말들의 깊이만큼이나 짙고 아픈 흔적들이 고스란히 박혀 있다.

어느 날은 머리가 기억하기도 전에 무릎이 먼저 반응했다. 무심코 바닥에 앉으려던 순간 짧고 날카로운 통증이 스쳐 갔다. 목소리를 얻지 못한 슬픔들이 몸의 비좁은 틈에 숨어 있는 것만 같았다. 몸을 깊이 숙일 때면 갈 곳을 잃은 문장들이 한숨처럼 새어 나왔다. 백반집에서 이 년 남짓 일한 적이 있다. 그곳의 이모들은 종종 예은이는 젊어서 좋겠다고 말했다. 젊기에 세상에서 못할 일이 없다는 듯, 그들은 젖은 손을 닦으며 환하게 웃어 보이곤 했다. 그러고는 으레 성한 곳 없는 당신들의 몸 이야기를

〈차 마시기〉, 2020.

쓸쓸한 웃음 끝에 덧붙였다. 그때의 나는 그 말에 스민 고통의 기억과 그들이 견디는 하루의 무게를 잘 몰랐다. 그저 어른들의 습관 같은 말이구나 하면서 해맑은 웃음으로 그 말들 사이를 지나쳤다.

선혜 이모는 그 소란스러운 백반집에서 내게 유난히 따뜻하고 살가운 곁을 내주던 분이었다. 장성한 자녀들은 각자의 삶을 꾸려 떠났고, 그녀는 신장이 나빠진 남편과 둘이 살았다. 일주일에 두세 번은 남편의 투석을 위해 병원에 다녀오면서도 이모는 단 하루도 빠지지 않고 가게로 나왔다. 병원에서 돌아오자마자 앞치마를 두르고 바쁘게 주방으로 향하던 그 뒷모습을 잊을 수가 없다. 출근하면 이모는 가장 먼저 반찬 준비를 했고 바쁜 점심시간에는 나와 함께 홀을 뛰어다녔다. 잠시 숨을 고를 만하면 다시 주방에 들어가 채소를 다듬었다. 저녁에는 요리와 서빙을 도맡았고 일이 끝난 후엔 가게 한쪽에 앉아 소주 한잔을 넘기기도 했다. 선혜 이모의 손목에는 늘 보호대가 감겨 있었다. 주저 없이 무거운 것을 들어 올리던 손과 손목, 팔. 반복되는 노동 속에서도 낯빛 한 번 흐트러지지 않던 얼굴. 짙은 화장 아래 숨겨진 피곤이 가끔은 무심한 식당 조명 아래에서 드러나곤 했지만 나무토막처럼 마른 그녀의 몸 어딘가엔 화창한 날의 햇빛 같은 기억들까지 겹겹이 쌓여 있는 것 같았다. 신체에는 그렇게 다양한 기억들이 덧씌워지는 것 같다. 어떤 감정보다도 오래 남는 건 신체의 반응이다. 허리를 곧게 펴는 것보다 구부정한 자세가 숨 쉬기엔 더 낫기에 동네 할머니들도 허리를 그대로 굽게 놔두는 것이 편하다고 말씀하신다.

옥이 이모는 손가락 몇 개가 없다. 이모는 어린 시절부터 공장에서 일하며 살아왔고, 그때 절단기에 손이 끼여 손가락을 잃었다. 이후 평생 일터가 아닌 곳을 갈 때면 왼손을 부드럽고 고운 손수건으로 감싸고 다녔다. 그것은 상처를 가리는 행동이면서도 자신의 기억을 보듬는 일처럼 보이기도 했다. 비슷한 일이 내 막냇동생에게도 있었다. 아버지의 공장에서 일을 돕다 잠깐 한눈을 판 사이 프레스기가 손가락을 눌렀다. 아직 미성년자였던 그의 손가락은 속절없이 터져 버렸고 하얀 뼈가 드러난 그 장면은 그곳에 있던 이들에게 잊을 수 없는 충격으로 남았다. 다행히 제때 병원에 도착해 봉합은 되었지만 손가락의 한 부분은 이전과 같은 감각을 되찾지 못했다.

어떤 고통은 한 개인의 신체에 새겨지는 만큼 홀로 버텨야 하는 것으로 여겨진다. 그 고통이 어디에서 비롯되었든 치유하고 구원해야 하는 몫은 나에게로 돌아온다. 누구도 대신 아파 줄 수 없는 고유한 감각이고 오롯이 견뎌야 하는 무게이다. 나의 오래된 우울 또한 그 고통과 닮았다. 누군가는 그 우울을 제 역할에 익숙하지 못한 젊음의 서툰 태도쯤으로 말한다. 그 말은 내 안에 박히고 나는 또다시 나를 탓하게 된다. 내가 조금만 더 단단했더라면, 조금만 더 열심히 살았더라면, 이 낡고 오래된 우울도 조금은 가벼워졌을까? 그러나 우울은 생각보다 깊숙하게, 피로한 어깨 사이에, 아린 손목 끝에 이따금 잊고 살았던 문장들로 웅크려 있다. 나는 어떤 이에게는 밝고 선명한 사람으로 기억되기도 하고 또 어떤 이에게는 늘 짙은 그늘을 안고 사는 사람으로 남아 있다. 그 어느 쪽도 거짓이 아니다. 두 모습 모두 내 안에 있다. 한 손으로는 짐을 들고 다른 한 손으로는 커피잔을 들어 올리는 그런 하루들이 지나간다.

마치 메뉴를 고르듯 어떤 이에게는 웃음을, 어떤 이에게는 침착함을, 또 누군가에게는 용기를 당연하게 요구한다. 저마다 보고 싶은 타인의 얼굴을 제멋대로 주문하고 소비하는 이 거대한 세상 속을 우리는 위태롭게 걸어가는 것만 같다. 그늘을 기어이 지우고 마는 세상에서 무채색이 되어 가는 나를 발견한다. 모든 상처를 긍정으로 덮으려는 이 시대의 어색한 웃음 앞에서 나는 때때로 눈을 감는다. 굽은 허리는 펴야 하고 두꺼운 다리는 감춰야 하며, 시큰한 손목은 모른 척 넘길 줄 알아야 한다. 그러나 나는 언젠가 하루 종일 서서 일하느라 퉁퉁 부은 두 다리를 드러내고 기꺼이 춤을 추고 싶다. 서툴고 둔한 몸짓이라도 삶의 흔적이 들러붙은 근육과 붓기를 드러내고 싶다. 누군가가 그늘 속에서도 나를 알아보길, 어두운 방 안에서도 내 몸의 온기를 느끼길 바란다. 우리는 언제나 빛의 한가운데 있을 수 없고, 그림자 속에서도 흘러나오는 목소리들이 있다. 내가 그리고 당신이, 여전히 살아 있음으로 남아 있는 존재들이 있다. 나는 그 모든 존재의 소리를 듣고 싶다.

평생을 두고 "좋은 삶을 살아야 한다"라는 말을 들었다. 그들이 이야기하는 좋은 삶이란 과연 어떤 모양일까. 공장에서 일하는 어머니는 공장에서 일하는 아들을 비난했다. 식당에서 서빙을 하는 딸의 삶 또한 비난했다. 그녀는 언제나 목소리를 높여 가며 말했다. "너희는 나처럼 살지 말아야지." 그토록 그녀가 외쳤지만 우리의 삶은 점점 더 그녀와 닮아 가고 있었다. 구부정한 자세, 쉬지 않고 움직이는 손, 집으로 돌아오면 풍기는 땀 냄새와 겨우 내쉬는 숨. 그 모든 것들이 우리를 서글프도록 닮은 사람들로 만들었다. 나는 삶을 열심히 살아 낸 어머니의 말에 왜 그토록 많은 비난이 섞여 있는지 묻고 싶었다. 공장에서 일하고 서빙을 하며 그곳을 비롯한 주변을 사진으로 찍는 일은 시시한 것일까. 반면 강단에 서서 예술을 논하고 작업에만 몰두하는 삶은 아름다운 것일까. 이토록 견고한 삶의 높낮이는 대체 누가 재는 것일까. 우리는 언제부터

〈탑 쌓기〉, 2020.

타인의 삶을 저울질하며 멋대로 등급을 나누기 시작했나. 어떤 삶은 고귀하고 누구의 삶은 하찮다 가르는 그 오만하고 차가운 시선은 어디서부터 시작된 것일까.

겉모습만 보고 그 누구도 누군가의 삶을 함부로 말할 수 없다. 나는 허리가 굽은 지 오래된 사람들의 걸음을 떠올린다. 땅을 향해 기운 어깨와 천천히 움직이는 발끝을 가진 사람에게는 무언가를 오래도록 끌어안은 품이 있다. 어떤 통증은 말보다 오래 남고 어떤 기억은 잊었다고 믿은 순간에도 몸 어딘가에서 깨어난다. 무릎은 오래된 계절을 먼저 알아채고 손목 통증은 별것 아니라고 치부한 순간을 불러온다. 나는 그런 몸의 언어를 따라 살아왔다. 곧게 펴지지 않고 다소 기울어지고 삐걱거려도 그것이 나의 시간이자 나의 방식이라는 걸 배워 가고 있다. 삶이란 단단하고 곧은 것들로만 이루어지지 않는다. 비틀린 마음, 꼬여 버린 하루, 굽은 신체들로도 우리는 충분히 잘 살아 내고 있었다.

세상이 정답이라 말하는 삶의 기준에 맞추려 애쓰기보다 내 안에서 자라난 다정한 결핍과 소란한 저항을 가만히 응시하고 싶다. 그곳에는 누구도 함부로 재단할 수 없는 나만의 고유한 서사가 숨을 쉬고 있다. 여전히 다리에는 피로가 몰리고 손목의 통증을 외면할 순 없지만 나는 이 정직한 육신으로 나만의 몸짓을 이어가려 한다. 비록 어설프고 굼뜬 움직임일지라도 그것은 오롯이 내 몸의 기억에서 비롯된 것이기에 굳이 감추거나 아름답게 포장하지 않아도 괜찮다. 내가 살아 낸 방식으로, 지금 살아 숨 쉬는 이 몸으로, 흔들릴지언정 끝내 단단히 서 있기를 소망한다. 이토록 서툴고 고유한 몸으로도 삶은 여전히 흐르고 있으므로.

크림치즈의 맛

냉동창고에서는 주로 아이스크림, 베이글 생지, 냉동 딸기, 냉동 망고, 크림치즈 같은 것들을 포장하거나 분류하고 그 위에 라벨 붙이기 작업을 한다. 그곳은 모든 것이 얼어붙는 온도를 유지한다. 물건도 손끝도 숨결도. 심지어 전자기기마저도 멍해진다. 낮은 온도에 자주 핸드폰 전원이 나가곤 했다. 그래서 쉬는 시간 동안 잠시라도 핸드폰을 켜고 싶은 날에는 체온이 그나마 오래 남는 외투 안쪽 깊숙한 곳에 감싸 넣는다.

그럼에도 나는 다른 물류창고보다 냉동 물류창고에서 일하는 쪽을 더 좋아한다. 추위를 잘 견디는 체질은 아니었다. 손끝은 금세 굳고 옷을 몇 겹씩 껴입어도 허리 끝부터 스며드는 냉기가 등을 타고 올라오곤 했다. 그래도 그곳이 좋았다. 좋아한다기보다 견딜 만했다. 내복, 두꺼운 옷, 그 위에 다시 작업복. 몸을 겹겹이 감싸는 일부터 작업이 시작된다. 손에는 장갑을 세 겹씩 겹쳐 낀다. 그렇게나 무겁고 무감각한 차림인데도 이상하게 그 둔함이 안도감을 준다. 몸이 무거워졌지만 마음은 덜 조급해진다. 이곳에서는 누구도 빠른 손놀림을 기대하지 않는다. 오히려 느릿하고 둔한 움직임이 이 공간의 유일한 생존법처럼 여겨졌다. 숨을 고르며 일할 수 있다는 건 급여보다 조금 더 절실한 조건이었다.

아버지는 냉동창고에서 일하는 나를 늘 염려하셨다. 냉동창고는 그 차가운 온도를 유지하기 위해 건설 과정에서 벽면에 두꺼운 우레탄폼을 쏘아 넣는다. 속을 비운 벽체 위로 성급하게 짓는 구조이기에 콘크리트 건물처럼 단단한 골격은 없다. 불이 나면 순식간에 번지고 구조할 틈도 없이 무너진다. "진짜 죽기 딱 좋은 구조야." 아버지는 무심한 말투로 말했지만 언제나 다 말하지 못한 마음이 묻어났다. 특히 내가 살고 있는 이천은 유독 물류창고 화재가 잦은 지역이다. 뉴스에서 타오르는 연기를 볼 때마다 아버지는 더 말없이 나를 바라보셨고 나는 그 눈빛을 피하지 못했다. 하지만 걱정이 된다는 이유만으로 생

〈돌의 걸음〉, 2020.

계를 멈출 수는 없다. 그렇기 때문에 아버지는 내게 일을 그만두라고 말하지 않으셨다. 대신 불이 났을 때 끝내주게 빠져나가는 비장의 요령들을 알려 주셨다. 불에 타기 쉬운 스티로폼 박스로부터 멀리서 일하기, 차가운 물품을 얼굴에 대고 뛰쳐나가기, 절대로 불 끄는 것을 도울 생각 말고 출구로 달려가기 등이었다. 가르치기보다는 외우게 하려는 반복이었다.

물론 냉동창고만의 애로 사항도 있다. 시간을 확인하는 일은 사소한 고역이었다. 휴대전화를 꺼낼 수 없으니 대부분의 사람은 손목시계를 택했다. 하지만 금속 시계의 차가운 뒷면은 유독 더 시렸다. 시계가 손목에 닿는 순간 뼛속까지 스미는 냉기가 온몸으로 퍼져 나갔고 몇 시간도 지나지 않아 시계를 풀어 버리곤 했다.

우리에게 시계는 반장님의 목소리였다. 창고의 벽시계는 사무실 안쪽 높은 곳에 걸려 있었고 우리는 그걸 볼 수 없는 위치에서 일을 했다. 그래서 "자, 이제 쉬는 시간이에요. 다들 잠시 쉬세요"라는 반장님의 안내가 곧 시간이 흐르고 있다는 유일한 증거였다. 나는 일을 하면서 늘 이모와 언니 들에게 같은 말을 습관처럼 꺼내곤 했다. "지금 몇 시예요?" 그러면 각자 나름의 감각으로 흘러간 시간을 짐작해서 알려 주었다. "삼십 분은 넘었지." "에이, 벌써 한 시간은 된 것 같은데?" "무슨 소리야, 한 시간은 턱도 없어.” 그들은 각자의 몸으로 체감한 시간을 말했고 나는 그중에서 가장 더딘 시각을 마음속에 골라 붙잡았다. 그러면 쉬는 시간에 도달했을 때 마치 예상보다 시간이 빠르게 흘러간 것처럼 느껴져 괜스레 기뻤다. 손은 쉴 틈 없이 움직였고 입은 손보다 더 많이 그리고 빠르게 움직였다. 어쩌면 시간을 말로 돌리고 있었던 것일지도 모르겠다. 떠들다 보면 시린 손끝도 무거운 몸도 잠시 잊을 수 있었기 때문이다. 나는 그런 대화 속에 종종 엉뚱한 질문들을 던지곤 했다. “만약 오늘 저녁이 세상에서 마지막 식사 시간이라면 뭘 드실 거예요?” 같은. 별것 아닌 질문들을 던졌다. 그러면 다들 일손을 놓지 않으면서도 꼭 잠시 고개를 들어 웃곤 했다.

어느 날에는 이런 질문을 했다. “이거… 무슨 맛이에요?” 우리 손에 쥐어진 건 오백 원짜리 동전보다 조금 더 큰 미국산 크림치즈였다. 우리는 그것을 검수하고 스무 개씩 박스에 담는 작업을 반복하고 있었다. 하루에도 수천 개가 쏟아져 나오는 물건들 가운데 하나일 뿐이었고 손은 익숙하게 움직였다. 문득 손에 쥔 그 하얗고 작은 조각이 궁금해졌다. 내 질문에 작업대 위의 움직임이 순간 멎었다. 익숙하게 떠들던 입들도 잠시 멈췄다. 모두가 나를 물끄러미 바라보았다. “왜요? 맛없어요?” 나는 어색하게 웃으며 다시 물었고 잠시 멈춰 있던 작업대가 원래의 속도로 시끄럽게 돌아가기 시작했다. 그 자리에 있던 누구도 그 크림치즈의 맛을 몰랐다. 먹어 본 사람이 없었다. 그럴 수밖에 없었다. 이 제품들은 미국에서 대량으로 들어와 검수를 마친 후 포장되고 출하되는 시스템 안에서 존재했다. 하루에 수천 개가 지나가는 작업 속에서 몇 개가 불량인지, 몇 개가 문제없이 출하되었는지를 기록하는 것이 우리의 몫이기도 했다. 불량은 다시 돌려보내거나 폐기했다. 그러니 맛을 본다는 것은 시스템 바깥의 일이었다. 슬쩍 가져갈 수 있는 일도 아니었다. 누구도 그걸 입에 넣어 본 적이 없었고 그건 당연한 일이기도 했다.

그날 나는 그 당연함을 한순간 멈춰 세우고 말았다. 작은 질문 하나로 모두의 손끝을 아주 짧게 멈추었다. 한 이모가 머리를 쥐어짜다가 말을 꺼냈다. "이디야 카페에서 파는 걸 본 적이 있는 것 같아." 우리는 하루에도 수백 수천 개의 크림치즈를 다뤘다. 박스에 담고 라벨을 붙이고 테이프를 감고 무게를 맞추며 손은 이미 그 생김새와 감촉을 정확히 기억했고 눈은 크림치즈를 보지 않아도 능숙하게 집어 올릴 수 있었다. 그런데도 그 맛을 아는 사람은 아무도 없었다. 그날 우리는 크림치즈의 맛을 말하지 못했다. 혀끝에서 미끄러지던 그 감각이 묘하게 우리 삶의 이야기와 닮아 있었기 때문인지, 우리는 대신 각자의 이야기를 꺼내기 시작했다. 왜 지금 이곳에서 일하고 있는지와 어릴 적엔 무엇을 꿈꿨는지 혹은, 왜 형편은 나아지지 않는지 등.

가끔은 나의 하루가 온전히 내 것이 아니라는 기분이 든다. 하루 종일 만지지만 결코 맛을 알 수 없는 저 크림치즈처럼 말이다. 그래서였을까. 어느 날 박스를 가지러 가던 길에 나는 참지 못하고 혼자 포장용 스티로폼 뒤에 숨어 울었고 터져 버린 눈물은 멈출 줄 몰랐다. 예고도 없이 밀려든 슬픔이 거대한 파도처럼 순식간에 나를 집어삼켰다. 어째서 나는 온종일 내 손끝에 닿는 것들의 맛조차 모른 채 살아야 하는가. 도대체 무엇을 위해 나의 하루를 이토록 철저히 저당 잡힌 채 살아가는 걸까. 내 손안에 가득하지만, 이 크림치즈는 결코 나의 것이 아니다. 그저 내 손을 스쳐 가는 무수한 물건 중 하나일 뿐이다. 하지만 매일 마주하다 보니 마치 내 것이라도 된 양 헛된 마음을 품었나 보다. 손끝에 가장 가까이 닿아 있으면서도 그 어떤 권리도 허락되지 않은 그것은 세상에서 나와 가장 먼 대상이었다. 가끔은 너무 덧없고 가끔은 너무 먹먹해서 그 작은 크림치즈 하나를 앞에 두고 마음이 무너졌다. 맛을 몰라서 슬픈 게 아니라 내가 삶 안에서 무엇을 놓치고 있는지를 정확히 말할 수 없기에 서러웠다.

다른 어떤 날 크림치즈를 집어 올리던 이모가 날 보며 말했다. "근데 이거 맛없을 거야. 너무 부드럽기만 해서.” 그 말을 듣고 웃음이 터졌다. 진짜 맛을 아는 사람처럼 말해서 나도 모르게 “파핫!” 하고 웃었다. 아무것도 달라진 건 없었지만 그 웃음 덕분에 잠시 슬픔도 사라졌었다. 그날 이후로도 우리는 계속 일을 했다. 크림치즈를 쥐고 분리하고 라벨을 붙이고 박스를 접었다. 울음이 터졌던 그날 이후에도 다시 일을 하고 남은 하루를 보냈다. 어쩌면 우리는 다들 그렇게 사는 거겠지. 이해되지 않는 감정들을 몸속 어딘가에 눌러 넣고 누군가 대신 말을 꺼내주길 기다리며 조용히 하루를 넘어간다. 삶은 종종 그런 식으로 흘러간다. 이상하게 울컥했던 하루와 그날을 안고 다음 하루를 살아 내는 것. 크림치즈의 맛은 여전히 모른다. 아마 앞으로도 모르는 맛이 더 많을 것이다. 그건 여전히 내 것이 아닌 채 내 손길에 닿았다가 빠져나갈 것이다. 그래도 나는 다시 손을 내민다. 여전히 맛을 모르지만 그래도 이 일을 하고 이 하루를 산다. 그건 참 이상하고도 끈질긴 일인 것 같다.

그래도 가끔은, 정말 가끔은 그런 엉뚱한 상상을 한다. 저 하얀 크림치즈를 우리 이모들과 언니들이 함께 둘러앉아 원 없이 실컷 맛을 보는 상상을. 매일 같이 손으로 만지지만 단 한 번도 혀끝에 닿지 못한 그것. 어쩌면 저 치즈는 내가 삶에서 간절히 원하지만 결코 허락되지 않았던 무언가의 은유인 것만 같다. 닿을 듯 닿지 않아 더

애타는 마음처럼 간절하게 다가온다. 더불어 나의 시간
또한 단 한 번쯤은 누군가의 것이 아닌 오직 나의 것으로
온전히 흘려보내고 싶다.

마늘 옮기기

알바를 지원하다 보면 기존에 일하던 물류창고에서 일감이 없을 때 다른 곳을 소개받아 이동하는 일이 종종 생긴다. 그날도 원래 가던 곳에서 당일 물류가 적어서 평소 친한 반장님께서 나를 다른 창고로 보내셨다. 입좌식 작업장이니 몸은 덜 힘들 거라는 말도 덧붙이셨다. 사실 몸은 하루라도 쉬는 걸 간절히 바라고 있었지만 하루 벌어 하루를 살아가는 내게는 그 하루의 공백조차 허락되지 않았다. 하루 일하지 못하면 계획했던 일들이 어긋나고 그 어긋남은 쉽게 수습되지 않는다. 갑작스럽게 가게 된 낯선 곳이었지만 일할 수 있어서 그저 다행이고 진심으로 감사했다.

새로 도착한 물류창고는 익숙한 풍경이었고 역시나 냉동창고였다. 나처럼 소개받아 처음 온 듯한 두 분의 이모도 계셨다. 그날 맡게 된 일은 냉동 햄을 스티로폼 박스에 넣어 선물 세트를 만드는 일이었다. 스티로폼 박스를 정리하는 일로 업무가 시작되었다. 거대한 투명 비닐 속에 두 줄로 겹겹이 쌓인 스티로폼 박스가 붉은 노끈에 묶여 있었다. 먼저 우리는 비닐을 벗기는데 이때 비닐은 스티로폼의 가루들이 부스러져 나올 수 있기 때문에 완전히 찢어 버리지 않고 위쪽만 살짝 뜯어서 아래로 내려 둔다. 그러면 비닐은 커다란 봉지 형태와 같은 형태가 된다. 그 후 붉은 노끈의 매듭을 손으로 풀거나 칼로 잘라낸다. 그다음은 포장이 쉬울 수 있도록 뚜껑과 박스를 나누어 분리하고 하나씩 팔레트 위에 차곡차곡 올린다. 뚜껑과 박스, 노동의 움직임들이 하나씩 정돈되어 간다.

그날 함께 온 두 명의 이모와 나는 미처 칼을 챙겨 오지 못한 채 단단히 엉킨 붉은 노끈의 매듭을 손으로 일일이 풀고 있었다. 얼기설기 얽힌 끈들은 추운 공기 속에서 더 단단하게 굳어 있었고 손끝으로 매듭을 푸는 일은 생각보다 더디고 고됐다. 그 모습을 보고 있던 누군가가 갑자기 소리를 빽 지르며 현장을 가로질렀다. "칼로 자르세요! 칼 없으세요? 칼로 자르시라니까요!" 무시무시한 법을 어긴 죄인처럼 나도 이모들도 그 순간 몸을 움츠렸다. 나는 민망한 웃음을 띠며 얼른 손을 재촉했다. "죄송합니다. 급하게 파견돼서 칼을 챙기지 못했어요." 말하며 손은 더 바삐 움직였다. 그가 뭐라 다시 말할까 봐 두려워서라기보다는 그런 상황이 너무 익숙했기 때문이다.

소리를 지르는 사람이 있으면 이상하게 나는 익숙하게 그보다 낮은 사람이 되고 만다. 작고 무해하게 굴어야 상황이 안전히 지나간다. 이곳에서는 아무것도 모른 채 급하게 투입돼서 필요한 준비물을 챙기지 못한, 이러한 사정은 중요하지 않았다. 익숙하지 않다는 것은 변명이 될 수 없고 미리 알 수 없었다는 것도 이해받을 수 없다. 노끈보다 더 팽팽하고 묵직한 공기가 매듭처럼 목에 걸렸다. 나는 묵묵히 다음 박스를 향해 손을 뻗었다.

그곳에서 오랜 시간을 일해 온 듯한 그녀는 나를 포함한 새로 온 세 사람을 틈틈이 훑어보았다. 굳이 시선을 마주치지 않아도 그녀의 눈길은 이미 따갑게 느껴졌다. 말은 없어도 그녀의 기세가 팍팍 묻어나 있었다. 박스를 정리하는 작업은 한 시간쯤 이어졌다. 그 후에는 상품을 박스에 담기 전 얇지 않은 포장 종이를 반으로 접어 상자 기둥에 끼우는 일이 이어졌다. 종이는 두께가 있어 접는 일도 만만치 않았다. 이때부터 그녀의 잔소리는 끊임없이 이어졌다. 처음부터 일의 순서를 차근히 알려 주는 것이 아니라 일이 나만의 방식으로 익숙해질 즈음, 그렇게 하는 게 아니라고 큰 목소리로 자신의 방식을 강요했다. 그녀의 손에 맞춘 방식은 내 손에는 무리였다. 많은 양을 한꺼번에 접어 선을 낸 후에 다시 접으라는 작업 방식은 나에겐 빠르지도, 능률적이지도 않았다.

나는 내 방식대로 종이를 한 장씩 빠르게 접어 넣고 있었다. 결과적으로 그녀와 내가 완성한 박스 수는 비슷했다. 하지만 그녀는 내 방식이 못마땅했는지 결국 다가와 "이건 이렇게 해야지!" 하고는 자신의 방식으로 다시 일을 지시했다. 그녀의 큰 소리에 나는 잠시 손의 움직임을 멈췄다. 할 수 있는 말은 없었다. 새로 온 내가 무슨 말을 할 수 있겠는가. 나는 조용히 그녀의 방식대로 일을 따라갔다. 속도는 점점 더뎌졌고 어느새 내 앞에 쌓이는 박스는 그녀의 것보다 적어졌다. 그러다 수북한 박스 더미에 내 몸이 반쯤 가려지자 나는 다시 내 방식으로 손을 움직이기 시작했다. 속도는 금세 다시 붙었고 흐름은 자연스러워졌다. 그녀가 다시 내게 다가와 내가 쌓아 놓은 박스를 보더니 "내가 말한 대로 하니까 훨씬 낫지?"라며 만족스레 웃고 갔다.

그녀의 방식은 내게 전혀 효율적이지 않았다. 하지만 나는 그녀의 말에 고개를 끄덕이며 같이 웃었다. 말하고 싶지 않아서가 아니라 굳이 말해 무엇하나 싶었기 때문이다. 나보다 스무 해는 더 산 어른과 말싸움하자고 여기에 온 것도 아니고 칼바람이 부는 냉동창고에서 감정의 체온까지 뺏기고 싶지도 않았다. 선임 이모의 높은 목소리는 나만을 향한 것이 아니었다. 새로 온 이모들에게도 높은 목소리를 자랑했다. 이모들은 순간 눈살을 찌푸렸지만 곧 묵묵히 그녀의 말대로 손을 움직이기 시작했다. 누군가는 작게 한숨을 쉬었고 또 누군가는 아예 아무 표정 없이 일에만 집중했다. 그날의 공기는 싸늘했지만 그 싸늘함은 냉동창고의 기온 때문만은 아니었다.

그렇게 수천 개의 박스를 접고 나서야 우리는 다음 작업대로 향했다. 플라스틱 팔레트로 만든 기다란 테이블 앞에 일렬로 섰다. 앞쪽에서는 삼촌들이 종류별로 햄을 박스 위에 올려 두었고 우리는 각자의 앞에 놓인 햄을 정해진 순서대로 보기 좋게 흐트러짐 없이 선물 박스에 담아 옆 사람에게 건넸다. 넘겨받은 박스는 손에서 손으로 건네졌고, 저마다의 순서가 오면 각 종류의 햄을 상자 안으로 밀어 넣었다. 끝자락에 선 사람은 테이프를 감아 마무리한 뒤 부직포 가방에 담아 플라스틱 팔레트 위에 차곡차곡 쌓아 올렸다. 같은 동작을 몇 시간이고 반복하다 보면 어느새 몸은 기계처럼 움직인다. 박스의 무게보다 무거운 것은 시간이었고 아무 말 없이 지나가는 순간들이었다.

〈방석 만들기〉, 2021.

입좌식이라는 소개말에 기대했던 마음은 금세 내려놓을 수밖에 없었다. 역시 앉을 수 있는 시간은 오직 점심 시간과 짧은 휴식 시간뿐이었다. 그 외의 시간은 모두 서서 하는 일이었다. 묵묵히 버티는 허리와 익숙한 피로감 그리고 아무 말 없이 서로의 눈빛 사이로 또 하루가 조용히 흘러가고 있었다. 오전에는 십오 분 쉬는 시간이 있다고 했다. 하지만 그것은 입좌식이라는 말처럼 절반은 진실이었고 절반은 거짓이었다. 실제로는 오전의 숨 고를 틈은 없었고 오후의 짧은 쉼과 합쳐져 한 번에 삼십 분을 준다고 했다. 겉보기에는 휴식 시간이 늘어난 것 같지만 정작 우리는 이를 반가워하지 않는다.

몰아쉴 때보다 리듬에 맞게 나눠서 자주 쉬는 쪽이 나중에 몸이 훨씬 덜 아프다. 쉴 틈 없이 이어지는 반복 속에서 우리는 기계가 아니라는 것을 절실히 느끼게 된다. 의자처럼 보이는 상자들이 줄지어 있었지만 그것은 어디까지나 상자였고 허락되지 않는 쉼표였다. "앉으면 일이 느려진다"는 선임의 말은 그 '상자'를 단숨에 금기어로 만들어 버렸다. 앉는다는 건 게으름이고 나약함이며 근무 태만이라는 식이었다. 함께 일하던 한 이모가 조심스레 말을 꺼냈다. "앉고 싶은 사람은 앉고, 서고 싶은 사람은 서서 하면 되지 않을까요?" 그 말은 공기 속에서 잠시 떨리다 곧 고참 이모의 날 선 목소리에 묻혔다. "여긴

원래 다 서서 해요. 앉지 마세요." 그 순간 우리들은 각자
의 말을 꾹 삼켰다. 말보다 더 많은 것을 말하는 침묵 속
에서 다시 자리를 지켰다. 몸보다 마음이 더 피로해지는
하루에서 우리는 아무 말 없이 의자 옆을 지나쳤다.

그렇게 또 누구도 앉지 못한 채 하루를 버텨냈다. 점
심시간이 되자 새로 온 두 분의 이모와 나는 모여 앉았다.
일터라는 거센 흐름에서 잠시 비켜 나와 국이 식어 가는
동안 이런저런 이야기를 나눴다. 그중 한 이모가 낮은 목
소리로 꺼낸 말이 있었다. "한국 사람이 별로 없는 곳에는
이유가 있더라고요." 나는 그 말을 곱씹었다. 일의 강도가
지나치게 높거나 그 자리를 오래 지킨 이들의 기세가 셀
경우 그곳은 언제나 조용히 비워지기 마련이었다. 한국인
이 보이지 않는 일터에는 그것조차도 버텨야 하는 외국
인 노동자들이 자리를 채웠다. 이모가 말을 이어갔다. "이
렇게 텃세가 심한 곳에서 젊은 사람은 오래 못 버텨요."
이모의 말에 고개를 끄덕였다.

이모의 말처럼 우리가 일하던 물류창고에 한국 이
모는 극히 드물었고 젊은 사람은 새로 온 나뿐이었다. 오
후 작업이 시작되자 지게차를 탄 남자 어른이 등장했다.
기계 소음 사이를 가르며 등장한 그는 마치 이 공간의 질
서를 움직이는 또 다른 축처럼 보였다. 우리는 다시 묵묵
히 각자의 자리를 지켰고 그렇게 두 번째 하루가 시작되

었다. "이 새끼야!" 그 사람은 소리를 지르면서 등장했다. 그가 소리를 지른 대상은 다름 아닌 내 앞에서 햄을 건네 던 삼촌이었다. 어느 박스부터 사용하라는 그저 간단한 지시였지만 그의 말투는 시작부터 끝까지 욕설로 가득했 다. 한마디 한마디가 무겁게 공기를 내리눌렀고 그 자리 에 있는 사람들의 몸도 자연스레 경직되었다. 그 어색한 기운을 조금이라도 풀고 싶어 머쓱한 웃음으로 삼촌에게 말을 걸었다. "고생이 많으시네요. 여기서 일한 지 오래 되셨나 봐요." 삼촌은 짧게 그러나 놀라운 대답을 했다. "아뇨, 어제 처음 왔어요." 고작 이틀을 일한 사람에게, 어 제의 고됨을 딛고 나온 사람에게 저렇게까지 거친 언어 를 내던지는 장면은 물류창고가 익숙한 나에게도 충격이 었다.

폭군의 언행은 그날 오후 내내 이어졌고 결국 내게 도 그의 방식이 강요되기 시작했다. 작고 묵직한 햄 몇 덩 어리를 한 손에 두세 개씩 쥐어 박스에 넣으라고 했다. 나 는 조심스럽게 말했다. "그러다 떨어뜨릴 수도 있고 오히 려 더 느려질 수도 있어요." 그러나 그는 내 말을 듣지 않 았다. 그 앞에서 나는 미숙한 노동자에 지나지 않았다. 그 의 방식은 사람을 지우는 것이었다. 무슨 말이 더 있어야 했을까. 우리의 침묵은 저항이 아니라 그저 슬픔이었는 데. 말끝마다 튀어나오는 욕설과 강요, 그 무심한 얼굴들

〈마늘 옮기기〉, 2020.

속에서 한없이 작아졌고 작아진 마음은 안으로만 숨었다. 슬픔은 소리를 내지 않고도 깊어졌고 어느 순간엔 울지도 못한 채 그냥 그 자리에 있었다. 바로 잡을 힘도, 외칠 여유도 없을 때 우리는 그저 묵묵히 그 자리에 남는다. 누구도 바라보지 않지만 분명히 존재했던 하루였다.

〈마늘 옮기기〉는 그런 우리의 이야기를 전해 보고자 시작한 작업이었다. 마늘 몇 알쯤 손으로 옮기는 일은 어렵지 않다. 조금 성가실 수는 있어도 손으로 하나씩 집어 날라도 된다. 하지만 마늘을 발로 옮기라는 지시가 내려오는 순간 그 일은 전혀 다른 일이 된다. 균형은 무너지고 마늘은 계속해서 떨어지고 어느새 온몸에 힘이 들어간다. 지옥이 되고 만다. 나는 그런 날엔 조심스럽게 물어보곤 했다. "혹시 손으로 옮겨도 될까요?" 모두가 조금은 더 편하고 안정적으로 일할 수 있을 것 같았기 때문이다. 하지만 돌아오는 대답은 대부분 비슷했다. "원래부터 발로 옮겼어." "괜히 머리 굴리지 마." "그냥 시키는 대로 해." 어느새 굳어져 버린 일의 방식이 우리의 질문에 거절로 돌아왔다. 이런 이야기를 친구들에게 꺼내면 다들 공감의 고개를 끄덕였다. 사무실에 다니는 사람도, 다른 공장에서 일하는 사람도, 식당에서 일하는 사람, 미술관에서 일하는 사람 등 누구 하나 예외 없이 모두가 한 번쯤 그런 말 앞에서 주춤하거나 할 말을 잃어버렸던 기억이 있다고 했다. 그 말들 앞에 멈춰선 채 발로 마늘을 옮기듯 조심스럽고 비효율적인 하루를 보내며 우리는 모두 각자의 방법으로 자신의 중심을 잃지 않으려고 애쓰고 있었다.

발 위에 위태롭게 얹힌 마늘을 보며 문득 생각에 잠긴다. 어쩌면 저것은 나를 닮았다. 무너지지 않기 위해, 혹은 상처 입지 않기 위해 안간힘을 쓰고 있는 내 모습 말이다. 나는 그저 흔들리지 않는 땅 위에서 일을 하고 싶다. 몸이 고된 것은 괜찮지만 마음까지 흔들리는 일은 피하고 싶다. 한 가지 방식만을 강요하는 대신, 저마다의 호흡과 고유한 리듬으로 다양한 방식의 마늘 옮기기가 자연스러운 풍경으로 받아들여지는 하루가 오기를 바란다. 그런 날이 온다면 우리는 덜 외롭고 덜 다치며 서로의 방식을 다정하게 궁금해할 여유를 가질 수 있지 않을까.

허공에 안착하기

안정된 삶만이 유일한 해답이라 믿었던 시절이었다. 그 막연한 희망을 좇아 나는 기어이 삼수까지 하게 되었다. 놀랍게도 여전히 아쉬웠다. 한 번만 더, 정말 한 걸음만 더 내디뎌 본다면 이번엔 어쩌면 다른 결과를 낼 수 있을 것 같았다. 이번에는 정말 잘할 수 있을 것만 같았다. 그런데 어느 날 아버지는 조용히 나를 차에 태우셨다. 햇살이 스러지고 저녁 어스름이 내려앉을 무렵 낯익은 동네를 몇 바퀴쯤 돌아 우리는 집 근처의 어두운 냇가 앞에 멈춰 섰다. 시동을 끄고 적막만이 흐르던 그 순간, 아버지는 조용히 입을 열었다. "너는 이 세상의 주인공이 아니야." 그 말은 오랫동안 나를 지탱하던 어떤 믿음의 골조를 툭 하고 건드렸다. 나는 그때까지도 내 삶을 어느 날 반전이 찾아올 이야기처럼 생각하고 있었던 것 같다. 모든 고난은 훗날 근사한 어느 날을 위한 단계이며 마침내 성공하여 함께 이 모든 고통을 견뎌 온 가족에게 기쁨이 되기를 바랐다. 그런 이야기의 주인공으로 나를 상상하고 있었다. 아버지는 점점 어두워지는 내 얼굴과 자꾸만 멍해져 가는 나를 걱정하고 계셨다. 그 말은 어쩌면 절망이 아니라 지금 여기 발밑의 현실을 살아 내야 한다는 간절한 다정함이었다.

　　나는 아버지의 뜻을 따라 사진학과에 진학하게 되었다. 아버지가 내게 건넨 단호한 선택이었다. 그가 생각한 사진은 꼭 많은 공부가 필요한 전공이라기보다는 잠시 숨을 고르고 바깥 공기를 마시며 환기할 수 있는 그런 가벼운 여백 같은 것이었다. 사진을 찍으며 마음을 다독이고 새로운 환경에서 사람들을 만나며 살아가기를 바라셨다. 그러면서도 네가 정말 원한다면 대학교에 다니며 반수를 하든 다시 공부를 이어가도 괜찮다고 이야기하셨다. 아버지의 뜻은 더는 나 혼자 어둠 속에 고여 있지 않기를 바라는 것이었다. 그리고 아무런 계획도 없던 나는 그 단호한 다정함 속으로 발을 들였다. 사실 그것은 선택의 영역이 아니었다. 거부할 수 없는 흐름에 내 몸을 띄워 보내는 일에 가까웠다. 그렇게 아주 우연히 나는 처음으로 사진이라는 세계의 문을 열게 되었다. 그곳은 내게 낯선 세계였고 처음으로 누군가의 시선이 아닌 나의 시선으로 스스로를 바라볼 수 있는 창문이 난 곳이었다.

사진을 배우며 마주한 것은 뜻밖의 위로였다. 사진은 가장 어두울 때, 가장 어두운 공간에서 작은 빛 하나로 세상을 담아낼 수 있었다. 그 단순한 기계적 사실이 너무도 조용히 그러나 깊고 분명하게 내 마음을 뒤흔들었다. 학교 수업 시간에 만들었던 핀홀 카메라는 그 마법 같은 원리를 내 눈앞에 펼쳐 보였다. 작은 상자의 안을 새카맣게 칠하고 앞면에 바늘로 아주 조그마한 구멍을 내면 세상의 빛이 그 구멍을 지나 어둠을 건너 상자 속 인화지에 머물게 된다. 오랜 시간 아무도 들여다보지 않은 어둠 속에 어느 순간 바깥의 풍경이 떠오른다. 누군가의 뒷모습일 수도 있고 나의 실루엣일 수도 있다. 흐릿하지만 존재하고 조용하지만 결코 작아 보이지 않았다. 나는 처음 보는 장면 앞에서 숨이 멎는 듯한 놀라움을 느꼈다. 검은 상자 안에는 흔들리고 엉성한 나의 모습이 담겨 있었다. 어딘가 어설프고 일그러졌지만 왠지 그게 진짜 내 모습 같았다. 무언가를 분명하게 남기기 위해선 무엇보다 먼저 어두워야 한다는 것이, 어둠이 더 어두울수록 빛이 더 또렷하게 남는다는 것을 알게 되었다. 그것은 단순한 광학

영상 작업 〈회색 커튼 뒤의
낮은 숨〉 중 일부 장면, 2023.

적 기술이 아니라 어쩌면 삶에 대한 은유 같았다. 여러 매체를 떠돌던 막연한 위로들이 처음으로 내 눈앞에서 증명되던 순간으로 기억된다. 그때부터 사진은 단순한 기록을 넘어서 어떤 존재의 증명으로 다가왔다. 언제나 가장 깊은 곳의 어둠에서 출발해 가장 여린 빛으로 세상을 보듬는 그 시선이 나는 참으로 다정하다고 느꼈다.

대학교에서 처음으로 예술이라는 것을 배웠다. 초등학교, 중학교, 고등학교 교육 과정을 거치는 동안 미술 시간에 외웠던 이름이라곤 고흐와 피카소 정도였다. 그마저도 시험지 위에서 본 생기 없는 인상일 뿐 그들의 작업이 내 삶과 직접 이어진 적은 없었다. 대학 교양 수업에서 박보나 작가님을 강사 교수님으로 만나기 전까지. 그 수업은 현대 예술을 보여 주는 수업으로, 강의실의 프로젝터에 비친 작업들과 교수님의 목소리를 따라 흘러나온 이야기는 그야말로 마법 같았다. 처절한 고통이 누군가에겐 위로가 되고 작고 연약한 사람들이 겪은 사소한 이야기가 어느 순간 경이로운 기록으로 변모하는 장면들 앞에서 나는 숨을 삼켰다. 책 속에서, 소설의 인물로만 만났던 어떤 감정들이 눈앞에서 살아 있는 사람들의 몸과 삶으로 다가왔고 그 순간부터 예술은 내게 거대한 담론이나 미적 대상이 아니라 살아서 숨을 쉬는 무언가였다.

그중에서도 바스 얀 아더Bas Jan Ader의 작업은 나를 단숨에 휘감았다. 그는 자전거를 탄 채 운하로 뛰어들고, 의자에서 천천히 미끄러지고, 검은 바다 위에서 끝없이 흔들렸다. 그의 모든 몸짓이 말 없는 울음처럼 느껴졌다. 그리고 그는 마지막 작업으로 혈혈단신 대서양을 건너기 위해 작고 낡은 요트를 타고 떠났고 끝내 돌아오지 못했다. 나는 며칠이고 그 이야기 안에 갇혀 지냈다. 몸이 사라진 예술가의 마지막 장면을 상상하며 밤마다 그의 울음을 떠올렸다.

멕시코 출신의 작가 가브리엘 오로스코Gabriel Orozco는 일상적인 물건들로 세계를 재조립했다. 버려진 타이어, 체스판의 똑같은 말들, 표준에서 벗어난 구조물인 그의 작업을 보고 있으면 아무것도 아닌 일들로부터 모든 일이 시작될 수 있다는 생각이 들었다. 무언가를 바라보는 시선 하나만으로도 세계가 다르게 구성될 수 있다는 사실이 나를 흔들어 놓았다. 그리고 또 다른 수업에서 무용가 피나 바우쉬Pina Bausch의 이야기를 들었을 때 나는 한동안 '인간이 어떻게 움직이는가'보다는 '무엇이 인간을 움직이게 하는가'라는 그녀의 질문에 사로잡혀 지내기도 했었다. 그녀는 어떤 아름다움이나 기술보다 인간의 몸을 움직이게 하는 내밀한 감정에 관심을 가졌다. 사랑, 두려움, 상실, 열망 그리고 그 모든 감정들의 조용한 진동에 관심을 가졌던 것 같다. 그녀는 사람이 왜 울고 왜 뛰고 왜 멈추는지를 몸으로 묻고 몸으로 대답했다.

지휘자 구스타보 두다멜Gustavo Dudamel의 이야기 또한 내 마음을 휘저었다. 베네수엘라의 작은 도시에서 태어난 그는 '엘 시스테마'라는 음악 교육 프로그램 안에서 지휘를 배웠고 지금은 세계적인 오케스트라를 이끄는 지휘자가 되었다. 그는 자신의 생을 지휘한 사람으로 그 삶은 음악보다 더 감동적인 선율로 느껴졌다. 노순택 작가님의 사진 앞에서 한참을 서 있던 날도 있었다. 시위 현장과 삶의 현장 등 정지된 화면 속에서 들려오는 절절한 삶의 목소리에 어느새 눈가가 뜨거워졌다. 그의 사진 속에는 고통이 있었고 그 고통은 외면할 수 없는 어떤 진실처럼 나를 붙들었다. 그것은 슬픔이라기보다는 아무 말 없이 견디는 연대의 무게였다.

어떤 사진은 오래도록 내 곁을 따라다녔고 수많은 이야기를 상상하며 조용히 나만의 문장을 길어 올리곤 했다. 그동안 읽어 온 책들이 음악, 미술, 역사, 철학과 조금씩 엮이기 시작했다. 서로 다른 결을 가진 것들이 하나의 삶 안에서 어떻게 만날 수 있는지를 이해하는 날이면 벅참과 떨림이 마음을 가득 채웠다. 단지 정보를 아는 것이 아니라 살아가는 방식 하나하나가 예술과 이어져 있다는 것을 실감하던 시기였다. 그렇게 나는 그 삶과 예술을 좇으며 조금씩 나만의 이야기를 용기 내서 써 내려가기 시작했다.

그 무렵 나는 사진이라는 세계에 점점 더 깊이 스며들고 있었다. 현실의 거친 피부를 통과해 그 안에 깃든 이야기와 닿는 일이 내가 이미 오래전부터 희망하던 일이라는 것이 느껴졌다. 사진은 내 안에 오래 머물러 있던 숨을 세상의 흐름을 빌려 내보낼 수 있게 해 주는 하나의 통로였다. 작업을 시작하자 동료들은 서로의 이야기에 귀를 기울여 주었다. 누군가가 내 말에 가만히 고개를 끄덕이는 일은 삶에서 거의 처음 겪는 일이었다. 작고 사소한 기억들과 누구에게도 말하지 못했던 마음 한 조각조차 동료들은 진심으로 받아들여 주었다. 그 다정한 청취 속에서 나는 내 이야기를 마주하는 법을 배워 갔다.

그러던 중 내 사진에 새로운 흐름이 찾아왔다. 2021년부터 2025년의 여름까지 나는 토탈미술관의 '월요살롱'에 한 부분을 지키는 사람으로 함께 했다. 이 프로그램은 루이즈 부르주아Louise Bourgeois의 '선데이살롱'에서 비롯되었다. 부르주아는 1990년대 말 건강상의 이유로 외출이 어려워진 이후 매주 일요일 오후 세 시에 자신의 집에 예술가들을 초대했다. 시인이든, 학생이든, 화가이든 단 하나의 조건은 자신의 창작물을 가져오는 것이었다. 그 문 하나만 열면 누구든 세계적인 예술가의 거실에 앉아 자신의 이야기를 펼쳐 보일 수 있었다.

그 정신을 이어 토탈미술관은 매주 월요일에 다른 미술관들이 문을 닫는 시간에 문을 열고 있다. 작가와 큐레이터, 학생과 예술가 지망생, 예술을 사랑하는 이들이 자신의 작업을 꺼내고 서로의 감정과 생각을 주고받는다. 어떤 이는 노래를 부르기도 하고 어떤 이는 자신이 만든 작은 작품을 들고 오기도 한다. 그렇게 우리는 매주 연결된다. 나는 그 자리에서 수없이 많은 이야기를 들었다. 작업이 시작된 날의 두려움과 도무지 끝이 보이지 않는 날들의 고백 그리고 기어이 버티게 만든 무언가에 대한 기억. 그 목소리들은 언제나 살아 있었고 그 생생함은 나를 깨워 주었다.

어느 월요일에는 내 사진에 대해 진실하고도 중요한 질문을 하게 되었다. 그날은 김을 작가님이 오신 날이었다. 목수 출신답게 그의 작품은 망치질처럼 강렬한 시각 언어로 내 뒤통수를 얼얼하게 만들었다. 그날 그의 말에 온몸이 반응하고 있었다. 그러다 작가님이 던진 한 문장이 나를 완전히 멈춰 세웠다. "종이에 선 하나가 그어진다는 건 그 종이에게는 천지가 개벽하는 일과 같다"라는 말이었는데 모든 사고가 잠시 정지되었다. 그 말 앞에서 나는 깊이 숨을 들이쉬었다. 그동안 수없이 눌러 댔던 셔터의 감각이 처음으로 낯설고 무겁게 느껴졌다. 그 이후 나는 스스로에게 되물었다. 내게 사진은 과연 어떤 것이었을까. 나는 한 번이라도 그 물음 앞에 멈춰 선 적이 있었던가. 순간 낯이 붉어졌다. 나는 그저 사진이 좋아서 그저 좋음이라는 말로 모든 것을 가볍게 밀어 두고 이리저리 팔랑거리며 떠돌고 있었던 건 아니었을까. 빛을 좇고, 순간을 담고, 그 감각에 취해 있던 내가 떠올랐다. 부끄러웠다. 그러면서도 사진을 향한 나의 마음이 그제야 시작점에 선 것만 같았다.

사진이야말로 천지가 개벽하는 일이 아닌가. 멈추지 않는 이 우주의 시간과 움직임 속에서 손바닥만 한 기계가 그 흐름을 붙잡는다. 그 순간, 그 장면, 그 공기. 다음 순간이면 사라지고 잊힐 것들을 기억의 가장자리에서 놀라울 만큼 선명하고 무서울 만큼 정확하게 불러낸다. 머릿속에서만 알고 있던 이 사실이 그날 처음 가슴으로 내려왔다. 나는 사진을 통해 단지 장면을 담는 일을 하고 있지는 않았는가. 시간과 삶을 멈추게 하는 그 셔터 앞에서 나는 무엇을 붙잡을 것인가. 어디서 시간을 멈출 것인지. 그 질문들은 고요하고 단단하게 내 작업의 가장 밑자리를 짚어 주었다. 그날의 작고 강렬한 질문은 내가 사진을 바라보는 시선의 원점으로 돌아가 뒤흔들었다. 그 이후 지금까지 나는 여전히 그 질문의 파동 속에 서 있다.

이 사진의 제목은 〈허공에 안착하기〉다. 몸을 던져 닿은 자리가 허공이었다는 감각이 그리 쉽게 잊히지 않

〈허공에 안착하기〉, 2025.

는다. 온몸을 내던져 마침내 도달한 곳이 허공이었다는 감각은 나에게도 어떤 좌절로 다가왔다. 붙잡고 있던 무언가에서 밀려나 떠밀리듯 닿게 된 자리에는 바닥도 중심도 기준도 없어 보였다. 믿고 있던 것에 배신당한 듯한 낭패감과 더 이상 나아갈 수 없을지도 모른다는 두려움, 애써도 닿지 않는 무력감과 같은 그 모든 감정이 한순간 몰려와 부유하게 된다.

프레임 속의 달걀은 아직 깨지지 않았고 공중에 떠 있다. 이후에 달걀은 어떻게 되었을까. 그 아래는 단단한 바닥이 있었을까 아니면 부드러운 이불 같은 흙이 있었을까. 혹은 애초에 중력이 작용하지 않는 무중력의 공간일까. 혹은 삶은 달걀이어서 깨져서도 데구루루 굴렀을까. 달걀이 아직 깨지지 않았다는 사실 하나로 나는 무수한 가능성을 상상하게 된다. 멈춘 그 순간이 파괴가 아니라 수용이라서 그렇게 상상하게 되는 것일 수도 있다. 멈춤은 종종 추락을 앞둔 듯한 아찔한 불안을 주지만, 실은 그 어떤 움직임보다 조용하고 신중한 결단일 수 있다. 그 것은 단지 멈추는 것이 아니라 어디를 향해 다시 나아갈 것인지를 몸과 마음이 함께 사유하는 시간이기도 하다.

이후의 장면은 떨어지고 난 뒤에야 알게 되는 법이다. 나는 지금도 저 달걀처럼 완전히 닿지도 떠 있지도 않은 그 사이에서 나를 받아 줄 무언가를 상상하며 허공 속에 떠 있다. 그 상상은 때때로 이 세계를 다르게 바라보게 한다. 딱딱해 보이던 것이 부드러워지기도 하고 위태로워 보이던 자세가 오히려 가장 안정적인 모양이 되기도 한다. 멈춘다는 건 결말이 아니라 다시 시작되기 위한 어떤 고요한 형태의 기다림일지도 모른다. 그러니 이 사진은 추락이 아닌 안착이고 불안이 아닌 가능성이다. 우린 그 가능성의 언저리에서 오늘도 가만히 숨을 고르고 있다.

〈사적인 바다: 마섬포구〉, 2022.

〈사적인 바다: 부리포〉, 2022.

⟨사적인 바다: 운정포구⟩, 2022.

모-시다

　'모시다'라는 단어에는 오래된 체온이 배어 있다. 박모 씨, 이모 씨, 이름 앞에 '모' 자를 붙이면 그 사람은 단박에 낯선 존재가 된다. 우리는 언젠가 어떤 '모某'였거나 어딘가에서 '시다생활'을 했던 적이 있다. '모시다'라는 단어에는 그래서 이중적인 의미가 깃들어 있다. 사라진 이름들을 대신하는 말이자 동시에 그 존재를 조심스레 떠받는 형태이다. 이름 없이 살아간 이들과 호명되지 않아도 여전히 살아 있었던 이들의 이야기를 '모-시다'라고 했다. 어떤 이야기들은 너무 날것이라서 몸과 마음이 그 이야기를 돌이켜 듣기를 거부할 때가 있다. 그러나 나까지 외면하면 그 긴긴 이야기들을 누가 끝까지 들어줄까. 그렇게 마음을 다잡고 나는 들으려고 애를 썼다. 귀를 기울이고 눈을 맞추고 때로는 침묵 속에서 머물렀다. 그리고 이제 이 이야기를 아주 잘 모시려고 한다.

지용은 막내였다. 그의 아버지는 지적장애가 있었고 어머니는 지용을 낳은 지 얼마 지나지 않아 집을 떠났다. 어린 지용은 말을 떼기도 전에 세상 앞에 홀로 서게 되었다. 그는 장애가 있는 아버지의 손을 잡고 친척 집을 전전하며 지냈다. 가족이라는 말이 너무 멀게만 느껴지던 시기였다. 모두가 가난했던 시절이었지만 지용에게 가난은 더 깊고 무거운 결핍이었다. 학교 수업료를 낼 수 없었던 그는 자주 교실 앞에 불려 나가 보여 주기식으로 매를 맞았다. 이름이 불리는 순간은 늘 체벌이 뒤따랐고 친구들 앞에서의 그 광활한 자리에는 누구도 대신 설 수 없었다. 도시락을 챙길 수 없는 날들에는 물로 배를 채웠다. 때때로 배고픔은 마음 깊은 곳까지 내려와 그를 주저앉게 했다. 그는 뱀과 개구리, 새를 잡아먹었다. 그저 눈앞에 놓인 것을 입에 넣으며 하루를 지냈다.

큰집에서는 요리 후 버려진 달걀껍데기를 주워 불에 데워 그 속의 하얗고 얇은 막을 조심스레 뜯어 입에 넣었다. '먹었다'보다 삼켰다는 표현이 더 어울릴 정도로 허기와 수치가 한데 뒤섞인 시간이었다. 그의 삶은 늘 껍데기처럼 버려진 자리에 머물러 있었지만 지용은 그 속에서 보이지 않는 막을 한 겹씩 들춰내며 살아남았다. 그 얇디 얇은 생의 막을, 아무도 보지 못한 자리에서 천천히 그리고 고요히 건너고 있었다. 집의 안과 밖에서 지용은 늘 고통 속에 있었다. 함께 살던 또래 사촌은 마치 노비를 부리듯 지용을 대하며 틈만 나면 괴롭히곤 했다. 그의 하루는 지용을 향한 조롱과 폭력으로 채워졌고 지용은 매일 그 틈 사이를 조심스럽게 건너야 했다.

한번은 사촌이 과자를 주겠다며 지용을 불렀다. 단, 조건이 있었다. 짧은 시간 안에 먹되 소리를 내면 안 된다는 것이었다. 어린 지용은 고개를 끄덕였고 과자를 받아 입에 넣었다. 그러나 딱딱한 과자를 씹으며 소리를 내지 않는 일은 불가능한 일이었다. 와그작 와그작 소리가 새어 나갈 때마다 사촌은 지용의 입 가까이에 귀를 대고 기다렸다는 듯 그의 얼굴과 몸을 때렸다. 배고픔 때문에 덥석 잡은 손은 올가미였고, 과자의 단맛보다 훨씬 오래 남은 것은 굴욕과 두려움이었다. 어린 지용은 그 기억을 두고두고 간직하게 되었고 단순한 장난이나 추억으로 남지 않았다. 그것은 그의 몸에 새겨진 지워지지 않는 기억의 흉터였다. 그 사촌은 훗날 자신의 삶을 스스로 끝내는 선택을 했다. 하지만 지용은 그의 이야기를 하며 단호하게 덧붙인다. 그 사람은 정말 못된 사람이었다고. 누군가를 괴롭히는 데서 기쁨을 느끼는 사람이 있다고. 누군가의 허기를 놀이로 삼는 이가 있다는 걸 너무 이른 나이에 알아 버렸다고. 그건 이해나 연민으로 포장할 수 없는 종류의 악의였다고. 나는 그 말을 들을 때마다 지용의 또렷한 분노에 이상한 안도감을 느끼게 된다.

살아남은 자가 반드시 연민을 품어야 하는 것은 아니다. 상처받은 사람이 무언가를 이해하고 용서해야만 성숙하다고 말하는 세상 앞에서 지용의 말은 더 이상 뒤로 밀리지 않는 선명한 선을 그었다. 삶은 때때로 선과 악의 경계를 희미하게 만들지만 어떤 고통은 그 경계 위에 정확하고 분명하게 각인된다. 지용은 지금도 묻는다. 왜 그 모든 모욕과 폭력이 자신의 몫이어야만 했는지. 나는 그 물음 앞에서 어떤 위로도 함부로 꺼낼 수 없었다. 다만 바라는 것이 있다면 그 물음이 사라지지 않기를 바란다. 그 물음이 자꾸만 되풀이되어서 누군가의 고통을 가볍게 넘기지 않기를. 그리고 언젠가 그 물음이 더는 누군가의 삶을 삼키는 세상이 아니기를 바란다.

어느 저녁, 지용은 몰래 집을 빠져나와 천안역의 낡은 철길로 향했다. 그는 철길에 등을 대고 누웠다. 다음 날 아침이 밝아 와도 깨어나지 않기를 바라면서. 눈을 뜨기 전에 기차가 달려와 모든 것을 짓이겨 주기를 바라면서 그곳에 누웠다. 그러나 그날 기차는 오지 않았다. 출발

하지 않는 기차 앞에서 그는 미처 놓지 못한 숨을 다시 붙들었다. 그리고 아무 일도 없었다는 듯 천천히 몸을 일으켜 다시 집으로 돌아갔다. 철로 위에서 흩어진 마음을 주워 담으며 살아 있다는 일이 어쩌면 너무도 사소한 우연처럼 느꼈을지도 모른다. 하지만 그의 삶이 언제나 고통뿐이었던 것은 아니다.

어느 날 학교 교장 선생님이 그에게 한 가지를 제안했다. "내 양아들이 되어 줄래?" 마치 기적처럼 다가온 그 한마디는 지용의 마음을 흔들었다. 따뜻한 집과 깨끗한 옷, 배고픔 없는 하루. 무엇보다도 자신의 마음이나 생각이 지워지지 않는 사람으로 살 수 있을 것 같다는 희망. 잠시 그 말 앞에서 머물렀다. 그러나 그는 그 제안을 거절했다. 이유는 단 하나였다. 집에 있는 아버지를 혼자 남겨둘 수 없었기 때문이다. 그는 돌아와 집 안에 들어섰고 아무것도 모른 채 웃고 있는 아버지의 얼굴을 마주했다. 그 순간 지용의 마음에 어떤 것이 일어났는지 사실 상상도 하기 어렵다. 그건 말로도 설명되지 않는 종류의 감정이었을 것이다. 책임이라는 말로는 너무 무겁고 사랑이라는 말로는 너무 아프다.

삶은 때로 잔인하고 때로 무정한 방식으로 사람을 예기치 않은 결심 앞에 세운다. 누군가의 삶을 끝까지 책임지겠다고 마음먹은 아이가 있었다. 그런 결심을 하고도 아무 말도 하지 않은 아이. 그런 선택을 하는 사람들은 언제나 어딘가에 있을 것이기 때문에, 지용도 그저 조용히 선택했고 그 선택을 견디며 자라났다. 그날의 밤, 그날의 거절, 그리고 그날의 웃음. 지용의 마음속에는 아마도 아직도 그 세 가지가 나란히 놓여 있을 것 같다. 삶은 항상 그처럼 단순하지 않고 사랑은 언제나 온기만을 남기지 않는다. 어떤 선택은 말없이 한 사람의 생을 다시 끌어안게 한다. 그는 반복되는 좌절과 고통 속에서도 끝내 삶을 놓지 않았다. 무너지는 순간마다 어딘가에서 다시 숨을 붙들었고 그렇게 한 발씩 치열하게 살아 냈다. 그의 삶이 어떤 리듬을 갖고 있었는지는 말로 다 전하기 어렵지만 그것은 매번 처음부터 다시 시작하는 사람의 걸음처럼 느껴졌다.

중학교 3학년 때 지용은 150원짜리 완행열차에 몸을 실었다. 급행열차보다 느리고 저렴한 그 열차는 서울 용산역까지 이어졌고 지용은 그 종착점에서 또 다른 삶의 장면을 맞이하게 되었다. 당시의 용산역에는 전국 각지에서 몰려든 사람들에게 일자리를 연결해 주는 사람들이 있었다. 지용은 그들을 '삐끼'라고 했다. 그들은 일자리를 소개해 주고 그 대가로 노동자의 월급 중 일정 금액을 가져갔다. 대부분은 석 달 치 임금을 가져간다고 했다. 사람에 따라 조건은 달랐지만 삐끼들이 가장 먼저 월급을 받았다. 지용은 용산역에 도착하자마자 그들 중 한 사람의 눈에 띄었다. 아직 어리고 용모가 준수했던 그에게 한 남자는 다가와 말했다. "넌 여기에 남아 있어 보지 않겠니?" 그렇게 지용은 구두닦이 일을 권유받았고 낯선 서울 풍경은 삶의 다음 막을 열었다.

그를 '대장'이라 부르는 사람들이 있었고 그 아래에는 여러 명의 구두닦이 소년이 배치되어 있었다. 하루에 닦아야 하는 구두의 수는 정해져 있었으며, 그것은 단순한 서비스가 아니라 하루의 생존을 위해 채워야 할 수량이었다. 지용은 또래 아이들과는 달랐다. 그는 역 구석에만 머물지 않았다. 모르는 건물로 들어가는 것을 두려워하지 않았고 용기 있게 늘 문을 열었다. 그렇게 건물 하나를 통째로 맡아 직장인들의 구두를 닦고 굽을 갈아 주며 묵은때를 벗겼다. 다른 소년들보다 훨씬 더 많은 양의 일을 하며 그는 누군가의 신발을 닦는 손으로 자신의 시간을, 자신의 하루를, 자신의 존재를 더 분명하게 빚어내고 있었다.

아침부터 늦은 오후까지 쉴 새 없이 구두를 닦았다. 매끈하게 윤이 돌 때까지 닦고 닳은 굽을 갈고 묵은 먼지를 벗기는 일은 생각보다 온 힘을 다하는 일이었지만 그는 단 한 번도 불평한 적이 없었다. 해가 지고 나면 그는 바람이 덜 드는 골목 어귀를 찾아 몸을 눕혔다. 담벼락을 등지고 신문지를 덮고 그렇게 하루의 끝을 마무리했다. 몸은 지치고 고단했지만 지용은 그 시절을 행복했다고 말하곤 한다. 가난하고 춥고 고단했지만 자신이 번 돈으로 고향의 아버지에게 얼마라도 보낼 수 있다는 사실에 가슴이 뛰어 그를 뜨겁게 만들었다.

그는 몇 달을 매일 같이 착실하게 일했고 그의 진심과 성실함은 주변 사람들의 마음에도 닿았다. 어느 날 그를 돌보던 대장 형님의 아내가 남편에게 말했다고 한다. "지용이는 머리도 좋고 얼굴도 반듯하니 다시 고향으로 보내서 학교를 꼭 마무리하게 해야 해요." 그들의 말은 권유라기 보다는 바람이었고 지용은 며칠 동안 이어진 그 애정 어린 설득에 끝내 고개를 끄덕였다. 그는 그렇게 다시 천안의 시골 마을로 돌아갔다. 학업을 마치겠다는 다짐을 품고 돌아온 고향이었지만 삶은 늘 그가 기대한 만큼 안전하지 않았다.

돌아온 지용을 맞이한 것은 여전히 가난이었고 여전히 그의 어깨를 짓눌렀다. 그는 다시 서울로 돌아가기로 결심했다. 그러나 그때 그의 총명함을 눈여겨보던 교장 선생님이 조용히 그를 불러 이야기했다. "비록 너는 학교 과정을 다 마치진 못했지만 잘 살아가리란 믿음이 있어. 이 졸업장을 받아 두렴." 그 졸업장은 지용에게 또 하나의 다음 막이었다. 형식보다 마음이 먼저 닿은 선물이었다.

〈모-시다: 지용의 이야기〉, 2020.

이후 그의 삶은 다시 움직이기 시작했다. 정해진 길은 없었지만 그는 멈추지 않았다. 언제나처럼 한걸음 또 한걸음을 내디뎠다. 그렇게 다양한 이름과 자리를 바꾸며 계속해서 나아갔다.

지용은 나의 아버지다. 아버지는 살아온 시간을 마치 낡은 소설책처럼 소주 한잔을 곁들여 천천히 펼쳐 보이곤 한다. 그의 이야기는 익숙하게 반복되지만 이상하게도 들을 때마다 새롭게 마음에 잔잔한 울림을 남긴다. 나의 사진 작업 '무모 연작'은 그렇게 아버지의 오래된 이야기에서부터 시작되었다. 그날도 여느 때처럼 우리는 함께 저녁을 먹었다. 허름하지만 마음 따뜻한 사장님이 있는 생선국숫집에서 소박한 국물에 숟가락을 담그며 하루치의 이야기를 나누었다. 아버지는 소주 한두 잔을 기울이며 얼굴을 붉히셨고 나는 그 옆에서 익숙한 웃음으로 그의 말을 들었다. 식사를 마치고 집으로 돌아오는 길에 아버지는 내가 모는 자동차의 조수석에 앉아 계셨다. 창밖은 어둑했고 아버지는 피곤한 기색으로 눈을 감고 계셨다. 나는 더 이상 말을 걸지 않기로 했다. 그저 적적함을 없애기 위해 라디오를 틀었다. 그때 라디오에서는 '노래를 찾는 사람들'의 〈사계〉가 흘러나왔다.

빨간 꽃과 노란 꽃이 피어나는 봄, 무더운 여름, 낙엽이 흩날리는 가을, 흰 눈이 소복이 쌓이는 겨울. 사계절

내내 멈추지 않고 돌아가는 미싱의 이야기를 담은 노래다. 우리 가족이 자주 함께 듣는 곡이기도 했다. 멜로디는 익숙하고 가사는 더할 나위 없이 삶을 닮아 있다. 노래가 흐르자 아버지는 조용히 눈을 떴다. 그리고 마치 오랜 약속처럼 수십 번도 더 내게 들려주었던 이야기를 다시 꺼내기 시작했다. 가리봉동의 어느 허름한 공장에서 어린 소년공으로 살아가야 했던 시간. 기계 소리와 땀 냄새, 낮과 밤이 구분 없이 이어지던 작업장 그리고 그 속에서 묵묵히 견디는 마음.

그날의 이야기는 이전과 같았지만 내게는 다르게 들렸다. 익숙한 말들이 낯선 울림으로 다가왔고 나는 문득 그 이야기를 흘려보내지 말아야겠다고 생각했다. 아버지의 이야기는 과거에 머물러 있는 것이 아니라 여전히 현재에 영향을 끼치고 있었다. 이 말은 즉 나에게 살아 있는 이야기라는 뜻이다. 그리고 나는 그 흐름을 사진이라는 방식으로 따라가기로 결심했다. 그날의 이야기는 이렇다. 일 년 먼저 졸업장을 받아 든 어린 나의 아버지는 서울 가리봉동의 간판 가게에서 일을 시작했다. 그 시절 간판 가게는 천막 제작도 함께했기에 공업용 재봉틀을 돌리는 일은 기본 중의 기본이었다. 낮이면 아버지는 묵묵히 재봉틀 앞에 앉아 천을 재봉했고 서툰 손끝으로 하루를 꿰매듯 살아 냈다고 한다. 해가 저물면 걱정은 다시 시작되었다. 잘 곳이 마땅치 않았던 그는 조심스럽게 사장님께 이야기를 꺼냈고 사장님은 흔쾌히 일이 끝나면 작업대 밑에서 자도 된다고 말씀해 주셨다고 한다. 그 말 한마디에 어린 아버지는 덜컹거리는 재봉틀 작업대 아래 몸을 눕혔다.

밤이 되면 또 다른 누군가가 들어와 밤새 재봉틀을 돌렸다. 작업대 위에서는 강철 바늘이 천을 뚫고 지나갔고 그 아래에서는 어린아이 하나가 몸을 웅크린 채 숨을 돌리고 있었다. 아버지는 내게 물었다. "예은아, 공업용 재봉틀이 돌아가는 그 아래에서 자는 건 어땠을 것 같으냐?" 나는 당연히 시끄러워서 잠들기조차 힘들었을 거라고 말했다. 그러나 아버지의 대답은 조금 달랐다. "그 소리가 말이지… 자장가 같았어. 서울 한복판에서 몸 하나 누울 자리가 있다는 게 얼마나 큰 안도감을 주고 감사했는지 몰라." 이미 수십 번도 더 들은 이야기였으나, 먹먹했고 오래도록 잊히지 않았다. 그 무렵 내가 공장에서 일하던 분들과 함께 노동에 대해 깊이 이야기를 나누던 시절이라서 남다르게 들렸던 것 같기도 하다. 그날은 아버지와 딸이 아니라 한 노동자와 또 다른 노동자로서 마주앉아 이야기를 나눈 순간이었다. 결말까지 알고 있는 이야기였지만 그날은 익숙하지 않은 고통이 스며들었다. 놀랍도록 다양한 방법으로 삶을 견뎌 낸 한 사람의 이야기가 세월이 흘러 이제는 저녁 밥상머리에서 묵묵히 서로의 밥그릇을 비워 내는 우리 사이를 조용히 흐른다. 들어줄 이가 딸밖에 없다는 사실이 나를 고통스럽게 만들었다. 딸인 내가 기억하지 않는다면 이 이야기는 사라진다. 제자리에서 묵묵히 견디며 살았던 한 사람의 삶은 누군가에게는 아무런 의미도 없는 이야기일지도 모른다. 그러나 그것이 특별하지 않다고 말하기도 어렵다.

나는 일터 곳곳에서 아버지와 비슷한 연배의 이모와 삼촌 들을 자주 만났고 함께 일하기도 했다. 그들에게도 삶이 있었고 시간이 있었으며 울고 웃은 기억이 있다. 그들의 이야기를 듣기 시작하면 웃음이 터지고 눈시울이 붉어질 때가 있었고 말없이 고개를 끄덕이게 되는 순간들이 이어졌다. 한 사람의 이야기는 결국 많은 이들의 이야기이자 나의 이야기이기도 했다. 나는 아직도 그것이 정확히 어떤 의미를 지녔는지는 잘 모르겠다. 다만 그 이야기들이 사라지는 것을 원하지 않는다. 수십 년의 세월이 흘러도 여전히 나를 울리고 웃기는 그들의 기억이 어딘가에 남기를 바랐다. 그래서 나는 그동안 내게 삶을 들려주던 이모와 삼촌 들을 다시 찾아가 조용히 그리고 천천히 이야기를 듣기 시작했다.

어쩌면 아버지의 이야기는 오래전부터 나를 한쪽으로 기울게 하고 있었는지도 모른다. 누군가의 삶을 듣는 일이 단순한 관심이나 호기심이 아니라, 그 사람의 하루를 잠시 내 안에 들이는 일이라는 것을 나는 아버지를 통해 배웠다. 그래서인지 이모와 삼촌 들의 이야기를 다시 듣기 시작했을 때 나는 그들의 목소리 너머에서 어쩐지 아버지의 첫 번째 숨결이 함께 들리는 것만 같았다. 그들이 살아 낸 날들이 아버지의 이야기와 닿아 있었고 그날의 미세한 흔들림들이 지금의 나를 만든 것 같았다. 이야기들은 내게 새로운 길을 열어 주었다. 누군가의 삶을 오래도록 살아 있게 하는 일을 시작하게 된 이유가 바로 아버지였다.

〈거룩한 물탱크〉, 2024.

〈모래공 만들기〉, 2020.

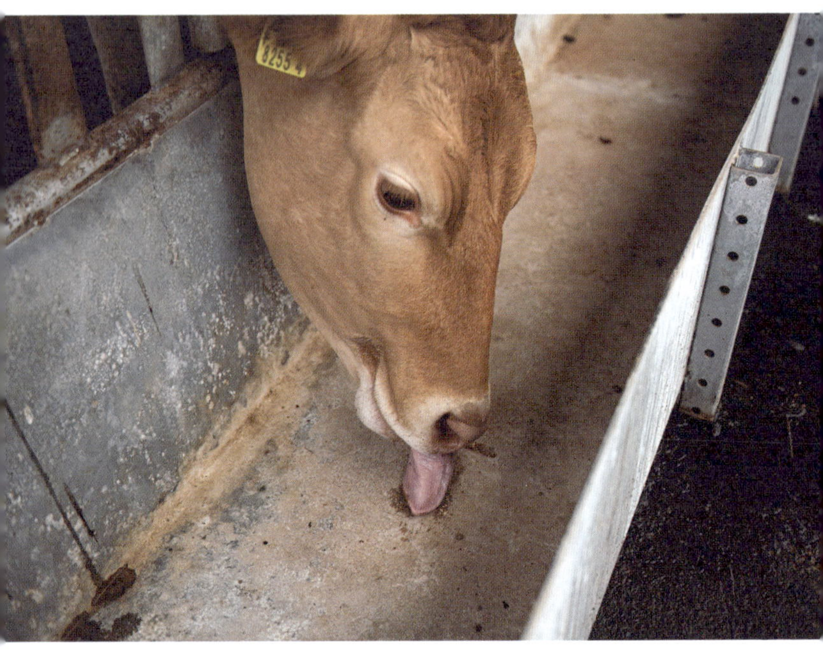

〈글씨 쓰기 1〉, 2022.

〈글씨 쓰기 2〉, 2022.

저 여자

어머니라는 존재는 내게 '저 여자'라는 서늘하고도 뜨거운 이름으로 먼저 점멸한다. 나를 비추는 거울이면서도 끝내 건널 수 없는 심연처럼 낯설고, 마음이 닿지 않아 멀어졌다가도, 끝내 이해할 수밖에 없는 순간 앞에서는 마음 깊은 어딘가가 뜯겨 나가게 하는 사람이다. 나보다 더 간절히 나의 삶을 기도하는 저 여자를 나는 오래 미워했고, 사무치게 이해했고, 깊이 사랑했으며 그 사이에서 수없이 흔들렸다. 이제야 비로소 글쓰기의 자리를 통해 저 여자의 생生 앞에 서 보려 한다.

여자는 오 남매의 둘째 딸로 참 바르고 사랑받는 딸

이었다. 여자는 한국전쟁으로 남편을 잃고 재혼 후 농사로 삶을 이어가느라 억세진 자신의 어머니를 아끼고 사랑했다. 동네의 모든 이들이 어머니의 성정에 혀를 내둘러도 여자만은 이해하고 안쓰럽게 여겼다. 여자는 그런 어머니의 집안일과 농사일을 늘 도왔다. 여자의 어머니는 그 시대의 어머니들이 그러듯이 딸보다는 아들들을 바라보는 사람이었다. 늘 누군가를 돕는 것이 익숙했던 여자는 간호사가 되어 백의의 천사로 살고 싶었다. 그러나 공부는 아들들만 할 수 있다는 어머니의 한마디에 여자는 그 마음을 숨겼다.

여자는 자신의 어머니를 여전히 불쌍히 여기며 아꼈다. 타고나기를 심성이 고운 사람이었다. 그런 여자는 자라나서 자신의 어머니만큼이나 억센 남자를 만나 사랑을 하게 되었다. 가족들은 장애인 아버지를 둔 가난한 남자와의 결혼을 반대했다. 하지만 여자는 자신의 어머니를 사랑하듯 억센 남자를 아끼고 사랑했다. 그 당시 여자는 그의 모든 모습을 헤아릴 수 있었다. 자신을 누구보다 아끼기 때문에 가족들이 결혼을 반대한다는 것을 알았지만, 여자는 남자를 향한 마음을 되돌릴 수 없었다.

팔 년간의 연애 끝에 여자는 남자와 결혼했다. 여자의 결혼 생활이 시작되자 어머니는 신혼집에 막내아들을 올려보냈다. 아들이 서울에서 편하게 지낼 수 있게 늘 하던 대로 여자에게 부탁한 것이다. 막냇동생은 여자의 신혼집에서 늘 하던 대로 편하게 지냈다. 여자는 남편과 동생 모두 불편하지 않도록 부지런히 몸을 움직였다. 시골에서 농사지은 농산물을 팔러 한 아름 가지고 오신 어머니를 맞이하기도 했다. 불같은 남편이 자신의 가족들에게 화를 낼까 늘 노심초사하며 눈치를 봤다. 혹은 불같은 어머니가 남편에게 화를 내지는 않을까 두려웠다. 여자는 남편과 어머니 모두에게 잘하려고 더 애썼다.

　억센 어머니 아래에서 길러진 덕분인가 책과 친구를 좋아하던 단발머리 여자는 긴 곱슬머리가 되었고 금세 다양한 일에 적응하며 삶을 이어갔다. 첫째 아이가 생겼을 때는 입덧도 몹시도 심했다. 인생에서 가장 낮은 몸무게를 기록하기도 했다. 첫 아이를 낳을 때 이틀을 진통으로 앓아누웠다. 첫 아이는 진통만큼이나 키우기 까다로운 아이였다. 등이 바닥에 닿으면 울어대기 시작해서 온종일 자신의 손안에 있어야만 했다. 첫 아이를 키우는 것이 익숙해질 때쯤 둘째 아이를 가졌고, 첫째보다 수월했다. 하지만 그쯤 남편은 다른 여자를 만나고 있었다. 그 여인이 여자를 찾아와 남편과 교제하고 있다는 사실을 알렸다. 착실히 일하고 아이를 낳아 기르느라 남편이 다른 여자를 만나고 있는지 조금도 눈치채지 못했다. 여자는 자신이 너무 순진했다고 그때를 떠올리며 이야기하곤 한다.

여자는 두 딸과 함께 남편을 잃게 될까 봐 두려웠다. 남자들은 한 번씩 바람을 핀다고 하던데, 그것을 용서해 주고 이해해 주는 것이 여자의 소양이라고 하던데, 임신하고 있을 때라서 본능적으로 다른 여자가 필요했던 것일 거야, 라며 스스로 이해시키기 위해 노력했다. 그러나 이 소식은 여자의 친정에 퍼지게 되었다. 여자의 아버지는 스무 살에 돌아가셨기 때문에 아버지 역할을 하던 큰 오빠와 어머니가 작은 서울집에 와서 모든 살림살이를 뒤엎었다. 남편이 잘못한 일인데 부서지는 것은 자신의 살림살이였다.

멈춰 있는 것 같은 시간은 살다 보니 살아지고 흘러갔다. 여자는 셋째를 낳았다. 셋째는 아들이었다. 주변의 모든 이들이 축하해 주었다. 남편도 아들이 태어나니 마음을 잡는 듯했다. 하지만 그 시절 가족은 IMF로 형편이 더 어려워졌고 결국 어머니가 내주신 논에 집을 짓고 살기로 결심하고 여자의 고향으로 내려가게 되었다. 시골로 내려가자 남편과 다툼이 늘어났다.

삶에 지친 여자는 종종 집을 나갔다. 하지만 아이들이 눈에 밟혀 다시 스스로 나간 집에 돌아왔다. 어느 날 여자가 나와 나의 언니를 부른 적이 있었다. 어느 사진 앞으로 우리를 여자가 불렀다. 내겐 돌 사진이 한 장 남아 있는데 그조차도 나 혼자만의 독사진이 아닌 어린 시절

〈문 열기〉, 2020.

〈문 열기〉, 2021.

의 언니와 함께 찍은 돌 사진이다. 그 액자를 살짝 옆으로 들추니 그 안에는 곧 빚으로 인해 압류될 집안의 물건들이 적혀 있었다. 여자는 두 딸에게 그들도 이미 잘 알고 있는 집안 상황을 다시 한번 설명했다. 그리고 이불을 챙겨서 집에서 멀지 않은 곳에 있는 교회로 함께 갔다. 여자는 어린 아들은 이불 위에 뉘어 두고 우리에게 기도를 하자고 했다. 우리가 할 수 있는 건 아무것도 없고 이제 기도뿐이라고. 여자는 어린 두 딸에게 울먹거리며 말했다. 그날 밤 세 모녀는 형편이 나아지게 해달라고 기도를 올렸다.

그 시절 여자는 한 생명을 더 임신하게 된다. 막내를 낳아야 할지 말아야 할지. 그것이 그날의 대화 주제였다. 어린 두 딸은 낳지 말라고 질문이 끝나자마자 대답했지만 어린 아들은 눈물을 글썽이며 혹시나 남자아이이면 어쩌냐고 했다. 그 말에 넷째를 낳기로 결심했다. 임신 막달까지 여자는 농사와 경제적 일을 하기 위해 집을 나섰다. 넷째는 장남의 소원대로 남자아이이였다. 마흔이 넘어서 낳은 아들이라 그런지 막내는 몸이 약했고 몹시도 예민했다. 막내가 태어났을 때가 여자의 집안이 가장 힘들 때였다. 여자는 막내아들을 남편의 둘째 누나네 집에 보내게 되었다. 도저히 함께 살 수 없었기 때문이었다. 막내는 몇 년간 고모네 집에서 왕자님처럼 자랐다. 하지만 마음 깊은 곳에서는 늘 어머니를 그리워했기 때문에 결국에는 다시 집으로 돌아오게 되었다.

여자는 종교에 의지해 자신의 고통을 덜고자 노력했다. 어떤 일이 있어도 예배를 놓치지 않으려고 했다. 살아내기 위해 다양한 노력을 했다. 늘 남을 먼저 생각하는 여자는 살기 위해 도망친 적도 있지만 보통은 함께 살기 위해 부지런히 몸을 움직였다. 남편과 늘 싸웠고 그에게 맞는 날도 있었지만 주어진 삶을 포기하지 않았다.

여자는 이제는 세상에 없는 자신의 어머니처럼 억세졌다. 푸른 하늘 아래 책을 안고 다니던 단발머리 소녀는 이제 잊힌 지 오래다. 세월 앞에 어쩔 수 없는 것일까? 그리고 가난이 한몫을 거든 것일까? 아니면, 아무도 모르는 어느 순간 스스로를 포기해야 했던 마음이 그녀를 이곳으로 데려온 것일까? 지금 그녀의 미간에는 짙은 주름이 깊게 패여 있다. 무엇을 말해도 부정적인 문장이 여자의 입에서 흘러나온다. 끝까지 지켜 내고자 했던 가족들이 자신의 모난 성격에 늘 한 소리씩 한다. 여자는 지금도 공장을 다니며 자신의 삶을 이어가고 있다. 여전히 자신의 마음을 알아 주지 않는 남편과 살고 싶지 않다며 딸에게 울면서 하소연하기도 한다. 하지만 마음 깊은 곳에 있는 연민이라는 감정 때문에 또 다시 돌아가게 된다. 내 어릴 적 기억에도 여자는 친절의 즐거움을 아는 사람이었다. 지금은 알아보기 힘든 그녀의 옛 모습을 떠올리면 무엇이 여자를 그렇게 만든 것인지 한참 맴돌게 된다.

여자의 삶은 나에게 많은 영향을 줬다. 나의 작업들 사이사이에 여자의 삶과 나의 삶이 뒤엉켜 녹아 들어가기도 한다. 주변에서 내게 어머니를 닮았니, 아버지를 닮았니, 라고 물을 때마다 그들의 옛 모습을 떠올리다가 지금의 모습을 떠올린다. 어떤 여자와 어떤 남자를 닮았다고 해야 할지 늘 대답을 망설이게 되거나 우물우물 다른 이야기로 넘기곤 한다. 여자는 늘 딸들에게 나처럼 살지 말라는 이야기를 한다. 삶을 지키기 위해 정직하게 싸우며 견뎌 온 자신의 삶을 부정하는 모습을 보는 것은 참 고통스럽다. 바르게 살기 위해 몸부림쳤고 노력해 온 이들의 삶은 스스로에게도 부정을 당한다. 스스로에게도 부정당한 그녀의 삶을 나는 차마 외면할 수 없다. 그녀의 모습이 내게 아픔으로 다가오는 건 그 삶이 나의 삶과 너무도 닮아 있기 때문일 것이다. 그러니 나는 그녀가 밀어낸 기억들을 나의 언어로 다시 엮어 내려 한다. 저 여자가 버텨 온 그 고단한 시간이 실은 나를 살게 한 숨결이었음을 이제는 그녀와 마주 서서 이야기하고 싶다.

그 눈물을 감춰

나는 터뜨리는 울음보다 삼키는 울음에 더 익숙했다. 진심 어린 눈물이 억지라 손가락질 받고, 투명한 슬픔이 거짓이라 오독되는 일에 나는 자주 베이고 다쳤다. 누군가에게 내 슬픔은 그저 피곤한 일거리일 뿐이었으므로 나는 화가 치밀거나 외로울 때마다 울기보다는 입을 닫는 쪽을 택했다. 하지만 아이러니하게도 현실에서 그토록 철저히 삼켰던 눈물들이 내 작업의 틈새로 기어이 스며 나와 얼굴을 내밀곤 한다. 〈울지 마! 그 눈물을 감춰〉와 〈흠-뻑 물 주기〉는 내가 삼켜야 했던 눈물들이 더 이상 마음속에만 머무르지 않기를 바라는 몸짓이었다. 슬픔을 감춰야 하는 순간들이 쌓이다 보니 눈물조차 사치처럼 느껴지던 때가 있었다. 그런 내면을 안고 미술계의 구석구석을 돌며 지낼 때는 감춰야 하는 게 눈물뿐만이 아니라는 사실도 알게 되었다. 다정한 말로 포장된 무관심과 예술이라는 말 뒤에 숨은 욕망 그리고 그 틈에서 벌어지는 일들을 나는 조용히 지켜보게 되었다. 그것은 어떤 의미에서는 또 다른 눈물의 서사였다.

눈물만큼이나 세상에는 비밀스러운 이야기가 많다. 골목 어귀에서 어른들의 수군거리는 말이 사실은 아이들 귀에 더욱 선명하게 들리고 기억되듯이 나는 미술계라는 숲속에서 산새처럼 날아올라 공중으로 흩어지는 속삭임을 들었고 들쥐처럼 조용히 어지러운 발자국들을 바라보았다. 아직 이름조차 알려지지 않은 작가 지망생의 몸은 마치 투명망토를 입은 것처럼 존재감이 없다. 그 덕분에 내 앞에서 오가는 비밀스러운 농담과 은밀한 진실은 모두 나만의 수집물이 되었다. 어디에도 전해질 리 없는 험담과 폭로가 내 귓가에 맴돌 때 텅 빈 마음은 그 어떤 감정도 가리지 않고 받아들인다.

조교로 일하던 시절, 나는 존경해 마지않던 어른들이 마치 어린아이처럼 잔혹하게 경쟁하는 민낯을 수없이 목격했다. 강단 위에서 자유와 이상을 논하던 그들은 정작 무대 뒤편에서는 자신의 이익을 위해 서로를 물어뜯

〈울지 마! 그 눈물을 감춰〉, 2025.

기에 바빴다. 빛나는 지성과 고매한 인격이라는 가면 아래 남은 것은 지금 살아남아야 한다는 서늘한 본능뿐이었다. 그 자리에 진정한 나로 설 수 있는 이는 없었다. 오직 생존과 이해관계에 따라 움직이는 그림자들만이 빽빽하게 자리를 잡았고 그 흐릿한 틈새에서 나는 무수한 비밀들을 훔쳐보게 되었다. 하지만 남들보다 더 많은 비밀과 진실을 안다는 건 마치 한밤중에 홀로 별똥별의 궤적을 좇는 일과 같다. 찬란했던 빛은 금세 꺼져 버리고 그 뒤로 남는 건 끝없이 깊은 어둠뿐이다. 그 어둠 속에 쌓인 실망감은 무겁고도 서늘했다.

　세계적인 명성을 얻은 어느 작가는 타인이 수년의 고독 끝에 길어 올린 기법을 자신의 권력으로 손쉽게 가로채려 했다. 그 화려한 성취 속에 섞인 것이 대체 누구의 피땀인지 모호하게 지워 버린 것이다. 화려한 스포트라이트를 받는 광고계의 어느 유명한 작가는 밤이 되면 자신이 출강하는 학교의 조교에게 연락하고 일방적인 사랑 고백을 쏟아 내곤 했다. 어디 그뿐인가. 노동자의 연대를 외치며 전시를 만들어 가던 기획자는 정작 미술 노동계의 누군가가 문제점을 건의하면 귀를 닫고 혹독한 조건만을 내세워 현장을 흔들었다. 미술 노동자들 곁에서 더 높은 벽을 세워 그들의 목소리를 차단했다. 그럴듯한 명분 뒤에 숨겨진 진실은 메아리 없이 흩어질 뿐이었다.

〈흠-뻑 물 주기〉, 2024.

나는 이들의 기이하고도 선명한 부조화를 도무지 이해할
수 없었다.

　　이것은 나의 윗세대만의 문제는 아닐 것이다. 내 주
변에는 젊은 나이에 드물게 인정받는 작가가 있다. 또래
의 고민을 작업으로 담는 작가는 자신보다 어린 사람들
에게 달콤한 손을 내밀며 자신의 이른 성공을 이용하여
자신의 욕망을 채우기도 했다. 그의 비뚤어진 욕망 때문
에 여러 아이는 꿈을 접기도 했다. 나는 미술계라는 숲속
을 헤매는 산새와 들쥐가 되어 이 모든 파편을 모으고 있
었다. 알고 있으면서도 끝내 어디에도 말하지 못하는 일
들이 많아질수록 괴로운 마음이 커졌다. 누구보다 분명
하게 보고 들었지만 입을 열지 못하는 내가 있었다. 무엇
이 나를 그렇게 조용하게 만들었을까. 그 폭력의 자리에
나 또한 있었지만 아무 일도 없었던 것처럼 행동한 날들
이 무수히도 많았다. 나는 누군가의 상처 앞에서 너무나
작아졌고 누군가의 권력 앞에서는 더욱더 작아졌다. 그
고요함이 나를 지켜 줄 거라 믿었는지도 모르겠다. 말하
지 않는 편이 나았다고 스스로 달래기도 했다. 말한들 바
뀌지 않는다는 허망함이 가득했고 혹은 오히려 누군가의
삶을 더 망가뜨릴 수도 있다는 두려움으로 나는 끝끝내
침묵을 택했고 그 침묵은 이제 내 안에 낡은 죄책감으로
겹겹이 쌓였다.

　　누구를 위한 침묵이었는지 누구를 지키기 위한 비겁함이었는지 나도 모른다. 진실은 오래오래 남고 나는 나보다 질긴 진실 앞에서 스스로 용서하지 못하고 있다. 그 침묵의 무게를 견디는 방법이 나에게는 작업밖에 없었다. 그래서 나는 결국 말할 수 없었던 것들을 보여 주는 쪽을 택했다. 내 손에 쥔 카메라가 나 대신 고백해 주기를 바랐다. 작업이 나보다 먼저 울고 먼저 들켜 주길, 먼저 비틀거리기를 바랐다. 내가 하지 못한 말을 언젠가 내 이미지가 대신 말해 주기를 바랐다. 그리고 그 바람은 어느새 삶의 흐름을 따라 번져 갔다.

　　공장 현장에서 말이 되지 않는 말들이 진리인 양 통용되고, 익숙하다는 이유로 불합리가 습관처럼 받아들여지는 그 이상함은 미술계의 구석에도 학교의 회의실에도 더는 젊지 않은 작가들과 어린 작가들의 뒤편에서도 반복되고 있었다. 그곳에선 이름만 달라졌을 뿐 같은 언어와 같은 권력, 같은 침묵이 깔려 있었다. 현장의 흩날리던 분진 속에서 나는 '정상적인 상황'이라는 말이 얼마나 많은 불합리와 억압을 덮기 위한 외투로 쓰이고 있었는지를 깨달았다. 말 한마디가 이렇게 쉽게 현실을 가릴 수 있다는 사실이 오래도록 마음에 박혔다. 그 외투는 언제나 누군가의 어깨 위에서만 따뜻했고 그 외엔 누구도 품지 않았다.

삶이라는 건조한 토양 위에서 울음조차 허락받지 못한 감정들은 내 작업 속에서야 숨을 틔우곤 했다. 〈흠-뻑 물 주기〉는 그런 몸짓이었다. 손에 쥔 화분은 핑계였고 적시는 행위는 고백이다. 누군가는 식물에게 물을 주는 것쯤이야 하고 지나쳤고 누군가는 그 물 아래 젖어 가는 마음을 들여다보았다. 나는 그 누구에게도 드러내지 않은 채 그러나 확실히 흠뻑 젖기를 바랐다. 〈울지 마! 그 눈물을 감춰〉는 울음을 감추는 방식으로 슬픔을 드러낸 작업이었다. 물속에 잠긴 몸은 조금씩 흔들렸고 다 울지 못한 시간들의 무게만큼 흔들렸다. 나는 숨을 깊게 참으며 울음을 억눌렀고 눈물은 천천히 물에 뒤섞였다. 그 물 속에서 나는 울지 않으려 애쓰는 무표정한 얼굴들이 얼마나 많은 감정을 숨기고 있었을지를 생각했다. 슬픔이 부끄러움으로 바뀌고 눈물이 조롱받는 사회에서 나는 물의 표면 아래에 나의 진심을 밀어 내렸다.

그래서 나는 오늘도 말이 닿지 않는 자리에 머문다. 뿌리내리지 못한 마음들과 스스로 말라가는 줄도 모르는 채 버티는 감정들 곁에 조용히 선다. 끝내 울지 못한 누군가의 얼굴들을 떠올리며 나는 나의 방식대로 그 자리에 그들의 기억을 심는다. 숨죽인 마음의 틈에서 일어난 떨림과 아무도 보지 못한 흐느낌들이 내 작업 안에서 천천히 피어나기를 바란다. 슬픔은 한 박자 늦게 올 때가 많다. 한참을 지나고 나서야 몸 안 어딘가가 젖어 있다는 것을 깨닫게 된다. 그때야 비로소 나는 아무 말도 하지 못했던 공백기를 들여다본다. 작업은 그 모든 침묵이 남긴 자리를 따라 자라난다. 말할 수 없었던 날들의 언저리에서 나는 이미지로 이야기한다.

울음을 삼킨 얼굴들이 실은 얼마나 많은 진실을 품고 있었는지 눈물 대신 무표정을 택한 사람들의 고요한 저항이 얼마나 치열했는지 그 시간들을 기억하고 싶다. 대다수가 무심코 지나칠지라도 누군가는 그 앞에서 오래 발을 멈추어 줄 것이라 믿으면서 나는 그 낯선 이를 위해 그리고 나를 위해 다시 한번 나의 마음을 꺼내어 놓는다. 들키지 않아도 좋으나 끝내 들키기를 바란다. 그 조용한 들킴이 당신이 품은 오래된 울음과 닮아 있기를 소망한다. 나는 여전히 말보다 이미지에 기대고 고백보다 침묵을 더 자주 택하지만 그 정적 속에서도 누군가의 마음이 미세하게나마 흔들리기를 바란다. 그리고 언젠가 내가 그토록 꾹꾹 눌러 담아 온 것들이 조용히 피어나는 순간이 온다면 그때는 내가 가장 나답게 온전하게 우는 순간일 것이다.

물에서 원 그리기

H는 내 삶과 가장 가까운 결을 따라 살아 낸 사람이다. 내가 겪은 것들과 너무도 비슷한 무게를 품고 있었기에 어느 순간부터 H를 나의 또 다른 몸처럼 느끼게 되었다. 피부를 스치는 바람이 같았고 뼈를 울리는 진동이 같았다. 말로 하지 않아도 아릴 만큼 아는 존재. 그건 나와 비슷한 시간에 젖어 들어 살아온 이에게서 나오는 감각이었다.

그녀는 젊은 부부의 첫 아이로 태어났다. 아주 희고 가볍고 잘 부서질 것 같아서 조심스럽게 대해야 하는 아이였다. 팔 년의 연애 끝에 많은 반대를 무릅쓰고 어렵게

맺어진 두 사람 사이에서 태어난 첫 번째 빛이었다. 그녀의 아버지는 자신의 딸을 무척 예뻐했다. 새로 얻은 생명과 아내의 모습을 필름 카메라에 담으며 작은 순간 하나도 놓치지 않으려 노력했다. 평화롭고 견고한 시간이었다. 그러나 몇 해 뒤 그녀보다 더 작은 생명이 찾아 올 때쯤 그들의 가정은 삶의 고단함에 짓눌려 있었고 집안은 조금씩 기울기 시작했다. 부모는 생계를 위해 새벽마다 가락동의 시장으로 나섰고 집안에는 그녀와 어린 여동생만이 남겨졌다. 그 긴 새벽들을 그녀는 어둠 속에서 동생을 깨워 무서움을 달래거나 문을 나서는 엄마의 옷자락을 붙잡고 울기도 했다.

그럼에도 H는 골목대장이었다. 희고 작았지만 단단했고 자신보다 훨씬 큰 남자아이들에게도 주눅 들지 않았다. 말수가 적은 여동생을 손에 꼭 붙잡고 다녔고, 놀이는 언제나 그녀가 이끌었다. 집안 형편상 부모는 늘 일터에 있었고 유치원에서 돌아온 H는 자연스럽게 골목으로 향하곤 했다. 어느 날 골목의 한편에서 낯선 남성이 H를 붙잡았다. 언제나 씩씩하고 거침없던 그녀였지만 성인의 거친 팔에 이끌릴 때 그녀의 힘은 무력했다. H는 무슨 일이 자신에게 벌어졌는지도 다 이해할 수 없었지만 자신이 낼 수 있는 가장 큰 소리를 내며 도움을 요청했다. 어린 그녀의 목소리를 들은 어른들이 그녀를 구했다. H

〈물에서 원 그리기〉, 2020.

의 어머니는 딸의 손을 잡고 경찰서로 갔다. 그곳에서 마주한 남성은 정신장애가 있는 사람이었고 그의 어머니는 주름진 얼굴로 눈물을 흘리며 무릎을 꿇었다. 그와 함께 온 늙은 어머니의 눈물 앞에서 아무 말도 하지 못했다. 어떻게 해야 하는지 누구에게 물어야 하는지도 알 수 없는 시대였다. 자식을 지켜야 했지만 그 방법을 배운 적도, 가르쳐 준 사람도 없었다. 딸이 살아 돌아왔다는 사실 하나만으로 스스로 다독였는지도 모른다. 그녀는 그 어머니로부터 평생 H를 위해 기도하겠다는 말을 들었고 선처가 자신이 할 수 있는 가장 덜 아픈 선택이라 여겼는지도 모르겠다. 결국 조용히 경찰서를 나와 집으로 돌아갔다.

그날 밤 그녀는 말없이 수건을 적셔 딸의 몸을 닦아 주었다. 무슨 말을 할 수 있었을까. 어머니는 자신이 할 수 있는 유일한 일을 했다. 침묵 속에서 그저 그렇게 몸을 씻겼다. 그날 이후 H는 혼자서는 어디에도 쉽게 갈 수 없게 되었다. 특히 어둠이 내린 밤이면 두려움은 더 짙어졌다. 밤중에 화장실에 가는 일조차 혼자서 할 수 없었다. 말을 거의 하지 못하던 어린 여동생은 늘 함께 있어야 하는 존재가 되었다. H는 여동생을 자주 데리고 다니면서 때때로 짜증을 내거나 밀치고 울음을 터뜨리게 하며 괴롭혔다. 그 모든 감정이 어디에서 비롯된 것인지 얼마나 예민해져 있었는지 그때는 알 수 없었다. 그저 무덤덤하고 반응이 더딘 여동생이 답답하게 느껴질 뿐이었다.

　　얼마 후에는 남동생이 생겼다. 아이가 젖을 떼기 시작할 무렵 그들의 어머니는 자주 지친 얼굴로 문을 나섰다. "엄마 은행만 잠깐 다녀올게"라는 말을 남기곤 밤이 되어서야 혹은 그다음 날이 되어서야 돌아오곤 했다. 그때마다 겨우 여덟 살이었던 H는 해진 천 포대기에 돌덩이 같던 남동생을 업고 포대기 끈을 고쳐 매며 하루를 버텼다. 아이는 엄마가 없다는 걸 아는지 하루 종일 울었고 H도 같이 울었다. 그리고 '네' '아니오'만 말할 줄 알던 여동생도 옆에서 조용히 울고 있었다. 집 안은 울음소리로 채워졌다. 하루가 저물 무렵 어머니는 더 지친 얼굴로 돌아왔다. 그렇게 세 아이와 한 명의 어른은 어디에도 도망가지 못한 시간을 함께 견뎠다.

　　IMF가 터지던 해, H의 가족은 더는 버틸 수 없었다. 도시를 떠나 경기도의 작은 동네로 이사를 갔다. 풍경이 바뀌고 사람도 바뀌었고, H에게는 더 많은 책임이 지워졌다. 장녀가 잘해야 한다는 아버지의 말과 공부를 열심히 해야 한다는 어머니의 말이 마음에 무겁게 내려앉았다. 다행히도 H는 똑똑했다. 무언가를 이해하고 받아들이는 속도가 빨랐고 늘 성실했다. 높은 성적을 늘 유지했으며 선생님과 친구들에게도 인정받았다. 칭찬이 익숙해지면서도 더 열심히 해야 한다는 강박도 함께 자라났다.

방학이 되어도 그녀의 시간은 쉬지 않았다. 동네의 김 공장에서 아르바이트를 했고, 손에 쥐어진 첫 월급은 자신의 미래를 향한 소망을 담아 교회에 헌금했다. 겨우 열 몇 살의 아이가 삶을 바꾸고 싶다는 소망을 처음 바깥으로 내보였던 순간이었다.

H의 꿈은 의사가 되는 것이었다. 그 시절 의사나 선생님은 가장 존경 받는 직업이자 가장 먼 희망이었다. H는 가난한 집을 일으키고 싶었다. 아니, 그런 집안에서 벗어나고 싶었을 것이다. 매일 같이 반복되는 부모의 다툼은 언제나 돈 때문이었다. 그 집엔 한 사람 몫의 침묵도 있었다. 정신장애가 있는 할아버지. 그의 목욕을 도맡은 사람도 늘 그녀였다. 그녀는 시끄러움에도 조용함에도 관여해야 했다. 장녀라는 이유 하나로 H는 어릴 수 없었다. 몸집은 작아도 책임감은 커야 했다. H의 아버지는 자주 그녀와 어린 동생들을 옆에 나란히 앉혀 놓고 말하곤 했다. "H는 아버지가 없을 때 이 집의 가장이다. 그러니 동생들을 잘 보살펴야 하고 너희는 큰누나의 말을 내 말처럼 잘 들어야 한다." 그 말은 지시가 아닌 선언처럼 들렸다. 어린 H는 그 말을 조금도 낯설어하지 않았다. 마치 태어날 때부터 알고 있었던 말처럼 당연하게 받아들였다. 그녀 역시 어린애였지만 그 시절에는 아무도 그녀의 나이를 따져 묻지 않았다.

이제는 제법 말도 트이고 키도 자란 둘째와 함께 집 안일을 도왔다. 할아버지에게 따뜻한 밥을 챙겨드리고 동생들과 함께 밥상을 펴고 온 집안을 쓸고 닦았다. 그리고 나서야 책상 앞에 앉았다. H의 부모는 사소한 것에서부터 큰 소리로 다퉜고 그 다툼 때문에 자주 울었지만 H는 잠시 눈물을 훔친 뒤 묵묵히 제자리로 돌아갔다. 모두가 잠든 밤이면 H는 혼자 라디오의 주파수를 맞췄다. 소리를 조용히 낮추고 세상의 끝자락까지 귀를 기울일 듯 라디오를 들었다. 그리고 책을 폈다. 그 늦은 밤의 뒷모습을 나는 지금도 기억한다. 작은 어깨를 펴고 무릎 위에 책을 올려놓던 그녀의 모습은 마치 겨울을 앞두고 도토리를 정리하는 야무진 다람쥐 같았다.

그 무렵 H에게도 사춘기가 찾아왔다. 몸은 자라고 마음도 복잡해졌지만 집 안에서의 그녀는 이미 어른이었다. 동생들을 챙기고 부모의 빈자리를 뒤에서 메우며 묵묵히 버텼다. 중학생이 되고 고등학생이 되어도 그녀는 늘 같은 자리에서 살아 냈다. 성실하고 조용하며 치열하게. 그러나 그럴수록 마음속 어딘가가 서서히 말라 갔고 세상의 속도와 괴리된 자신의 현실 앞에서 H는 점점 지쳐 갔다. 그녀는 공부에 집중할 수가 없었다. 삶이 늘 그녀를 앞서갔다. 그리고 H는 손에 쥐고 있던 책을 책상에 그대로 덮었다. 그것이 자포자기였는지, 체념이었는지 혹은 잠시 숨을 고르는 것인지는 아무도 몰랐다.

그 단단하고 의연했던 사람이 어느 날 조용히 자신의 꿈을 내려놓는 장면을 나는 보고야 말았다. 그 침묵 속에 얼마나 깊은 좌절과 슬픔이 있었는지를. 스무 살이 되었을 때 H는 다시 한번 마음을 다잡았다. 특별히 누가 등을 떠민 건 아니었다. 그저 오래전부터 가슴 속에 품고 있던 삶을 자신의 두 손으로 다시 짜 보고 싶다는 마음이 어느 겨울날 조용히 고개를 들었을 뿐이다. 그때부터 H는 매일 시립도서관으로 향했다. 특별한 목적지가 아닌 듯 평범한 하루처럼 책상 앞에 앉아 홀로 공부를 시작했다. 펜을 쥔 손끝에 묵직하게 실려 있는 건 단지 진학의 꿈이 아니라 오래도록 눌러 왔던 자신이라는 존재의 무게였다. 지방의 한 대학에 합격했을 때 H의 노력을 지켜본 이들은 모두 진심으로 축하해 주었다. 누구의 조력 없이 온전히 혼자 이룬 결과였기에 더 빛이 났다. 그런데 어머니가 그 성취를 가볍게 여겼다. 어린 시절의 H를 생각하며 기대가 높았던 탓일까, "그깟 지방 대학 가서 뭐 하나"라며 비웃었지만 H는 그 말에 눈길 한번 주지 않았다. 그녀는 자신의 기쁨이 그 누구의 비판으로도 변질될 수 없다는 걸 잘 알고 있었다.

H가 대학 입학을 앞두고 있을 무렵 아버지는 새로운 사업을 시작했다. 그는 H에게 도움을 요청했고 그녀는

외면할 수 없었다. 언제나 그랬듯 자신보다 가족을 먼저 생각하는 사람이었기 때문이다. 그녀는 수업을 오후 늦게 몰아넣었고 오전에는 아버지의 회사에서 일을 도왔다. 차를 끌고 한 시간 정도 운전을 하고 학교에 가서 수업을 들었다. 공부가 잘될 리 없었다. 수업에 몰입하기에는 몸이 지쳐 있었고 머리에는 늘 현실적인 고민이 가득했다. 그래도 그 시간들이 전부 괴롭기만 했던 건 아니었다. 수업이 끝난 뒤 친구들과 웃고 떠들며 잠시 현실에서 멀어지는 순간들 속에서 H는 삶의 기운을 조금씩 되찾아 갔다. 졸업까지는 남들보다 두 배가 넘는 시간이 걸렸지만 그녀는 후회하지 않았다. 넘어지지 않은 것이 중요한 것이 아니라 멈추지 않은 것이 중요하다는 것을 그녀가 가장 잘 알고 있었다.

졸업 후 H는 서울로 향했다. 그녀가 처음 머문 집은 지하에 있는 작은 방이었다. 작은 침대 하나와 서랍장 하나를 들이면 더는 무엇도 들일 수 없는 작은 공간이었다. 벽에는 곰팡내가 배어 있었고 창밖으로는 사람들의 발목만 볼 수 있었다. 하지만 H는 아무렇지 않았다. 오히려 그 조그마한 방에서 오랫동안 품어 온 자신만의 삶이 비로소 시작된 것 같았다. 그녀에겐 오래된 근력이 있었다. 집을 떠나 살아남기 위해 다져진 마음의 근육이 있었고 어릴 적부터 어른이 되어야 했던 이들만이 가지는 유연하고 단단한 힘이 있었다. 고단한 시간 속에서도 H의 마음 한 귀퉁이는 늘 조금 다른 쪽을 향해 있었다. 대학에서 영문학을 전공했지만 문장보다 마음이 궁금했다. 자신처럼 무겁고 복잡한 마음들을 더 깊이 들여다보고 싶었다. 그 열망은 점점 더 또렷해졌다. 그래서 그녀는 다시 삶을 붙드는 와중에 틈틈이 공부를 시작했다. 서울의 어느 대학교에서 운영하는 학점은행제 시스템을 통해 심리학을 공부했다. 동시에 또다시 아버지의 회사로 가서 낮에는 일을 하고 저녁에는 책을 펼쳤다.

H는 늘 누군가의 부름에 응답하느라 자신의 시간을 뒤로 밀었지만 그런 삶 속에서도 무너지지 않고 내면의 목소리를 무시하지 않는 사람이었다. 그녀가 쥔 펜은 늦은 시절에도 선명했고 그녀가 향한 마음의 길은 느릿했지만 끈질기게 뻗어 나갔다. 한평생 그래왔듯이 해가 떠 있는 시간에는 일을 했고 해가 지면 책상 앞에 앉아 공부를 했다. 그건 누구에게 보여 주기 위한 성실이 아니었다. 단지 자신의 삶을 조금 더 나은 방향으로 밀어내고자 했던 고요한 몸부림이었다.

그런 H도 누군가에게 자신의 삶을 확인받고 싶을 때가 있었다. H는 종종 내게 비슷한 질문들을 하곤 한다. "예은아, 네가 봤을 때 내가 너무 멀리 온 것 같아?" 나는 그 질문을 들을 때면 언제나 쓴침을 삼키며 아주 조심스러운 마음으로 대답한다. "아니, 언니는 아주 잘하고 있고 잘 살고 있어." 그녀는 나의 대답에, 그 짧은 말들로 다시 힘을 얻는다고 했다. 별거 아닌 그 말이 그녀에게 얼마나 절실했는지 나는 알 수 있다. 그녀가 혼자서 다시 일어나야 했던 순간마다 그런 말 한마디가 새로운 시작이 되어 주었는지도 모른다.

때때로 H는 내 이해의 범주를 아득히 벗어난 사람처럼 느껴지곤 했다. 혼자 너무 멀리 앞서가거나 심해처럼 깊은 곳에 홀로 침잠해 있는 것 같아 막막하기도 했다. 하나 그녀를 이해하기에 버거웠을지언정, 단 한 번도 이해하지 못한 적은 없다. 우리는 한 길 위에서 같은 풍경을 바라보는 사이였으므로 나는 그녀의 고단함과 그녀의 의지 그리고 그녀의 모든 결정을 오래전부터 응원해 왔다. 설령 그것이 강물 위에 작은 원 하나를 그리는 무모하고 덧없는 돌멩이질이라 할지라도 언제가 그녀가 던진 그 작은 돌멩이 하나가 끝내 어딘가에 가닿아 고요한 진동으로 번져 나가기를 나는 간절히 기도한다.

〈물에서 헤엄치기〉, 2024.

〈추락의 달인이 되는 법 1. 떨어지기 위해 준비하기〉, 2024.

〈흙내가 고소하다〉, 2025.

〈완전히!!! 정말로!!! 거절한다!!!〉, 2024.

〈수영하기〉, 2023.

직전의 숨

내 작업 속에서 인물은 언제나 나만 등장하지만 그 뒤편에는 수많은 누군가 있었다. 머리에 불을 붙였던 날에는 내 뒤에 물을 가득 담은 양동이를 든 동생이 서 있었다. 교량에 매달렸던 날에는 걱정되어 몰래 따라 나온 어머니가 먼발치에서 나를 지켜보고 있었다. 어떤 날은 아버지가 나를 흙에 묻어 주기도 했다. 흙이 몸 위로 덮여 올 때마다 그는 마치 꽃을 심듯 내 어깨를 덮었다. 언니는 언제나처럼 내 가장 가까운 조력자였다. 젖은 옷을 갈아입을 때면 커다란 수건으로 몸을 가려 주었고 무선 셔터를 누를 수 없는 순간에는 내가 미리 맞춰 둔 포커스와 구도 앞에서 셔터를 눌렀다. 그녀는 나의 등받이이자 배경이었고 그림자이자 빛이었다. 강에 들어가는 어떤 장면에서는 나의 친애하는 동료들이 함께 강가로 나아가 물에 들어가기 적절한 때를 알려 주기도 했다. 그렇게 나의 이미지는 여러 몸의 다정한 개입 위에 세워진다. 보이지 않는 손들, 조용히 날 지켜보는 눈동자, 감정을 삼키는 숨결들을 기억한다.

나는 늘 혼자 프레임 안에 있지만 그 속에 담긴 삶은 늘 여럿이었다. 하나의 장면을 완성하기까지는 언제나 여럿의 숨결이 얹힌다. 그래서일까, 나는 늘 누군가의 마음에 닿을 수 있는 사진을 찍기를 바라 왔던 것 같다. 공장에서 함께 땀을 흘리던 이모들, 공장의 습기 어린 창문 앞에서 숨을 더욱 크게 뿜어내던 언니들이, 혹은 나의 어머니가 봐도 알 수 있는 이미지 말이다. 우리의 이야기인데 우리가 이해하지 못하는 언어로 기록된다면 그건 어딘가 어긋난 일이라고 생각했기에 나는 익숙한 사물과 풍경에서 우리의 감정을 발견하려고 노력했다. 익숙한 것을 오래 바라보고 늘 곁에 있던 것들이 어느 날 낯설게 반짝일 때 그것을 놓치지 않으려고 한다. 아주 작은 물건이 놓이는 위치만으로도 장면의 온도와 이야기가 달라질 수 있다고 여겼다. 작업에 사용되는 물건들 역시 오랜 시간 천천히 모았다.

<몸통 없는 짐승> 작업 중에.

촬영하기에 적당한 생선을 얻기 위해 마트부터 물고기를 잡는 아저씨까지 찾아 나선 적이 있고 눈을 뜨고 있는 소머리를 구하기 위해 남동생과 마장동의 시장을 여러 차례 방문하기도 했다. 원하는 모양의 얼음을 얻기 위해 냉동실 안에는 여러 모양의 돌멩이들이 물에 빠져 있기도 했다. 무언가를 기록하기 위해 손에 쥔 것은 카메라였지만 그보다 앞서 나는 사소하고 고요한 감각들을 모아 왔다. 냉장고 안쪽에서 뭉그러지는 식자재의 형태, 땀의 무게, 먼지 낀 창틀 같은 것들이다. 한 장의 사진이 되

기까지 그 모든 조각이 차례차례 제자리를 찾아간다. 어떤 상징보다 삶의 표면 아래에서 미세하게 흔들리는 모습에 늘 마음이 다가가게 되었던 것 같다.

내가 피사체가 되는 작업에서는 삼각대와 무선 셔터를 이용한다. 셔터를 누를 때면 미리 계획한 행동을 실천하고 미리 그린 구도 안에서 움직임을 탐색한다. 한 장면을 찍는다는 건 마음을 정돈하는 일이다. 카메라를 어디에 둘 것인지 어느 날을 기다릴 것인지 어떤 빛을 감싸안을 것인지 나에겐 모두 기술의 문제를 넘어선다. 그것은 나를 둘러싼 삶을 정성껏 들여다보고 그 안에서 조심스레 말을 건네는 일에 가깝다. 나는 사진이 결국 내가 살아온 방식 그대로이기를 바란다. 조용히 다가와 나와 함께 오래 머물다 가는 어떤 장면처럼 말이다.

촬영 중엔 예기치 못한 장면에 도달하기도 하는데, 교량에 매달리는 장면을 촬영하던 날이 그랬다. 계획은 단순했다. 일정 시간을 교량에 매달린 후에 철봉을 하듯이 팔에 힘을 실어 몸을 다시 교량 위로 끌어올리는 것이었다. 하지만 막상 몸을 던져 매달리는 순간 나는 본능적으로 뭔가 단단히 잘못되었다는 것을 알았다. 움켜쥐어야 했던 구조물은 생각보다 훨씬 더 두꺼웠고 그로 인해 손과 팔은 나를 지탱하기에는 턱 없이 부족했다. 필사적으로 몸을 끌어올리려 했지만 손바닥은 미끄러지고 팔의

교량에서 떨어진 후.

나는 동료들의 도움을 적극적으로 받고 있다.

근육은 잔뜩 긴장되었다. 그럴수록 살갗에 생채기만 날 뿐이었다. 결국 나는 손을 놓쳤다. 순간, 공기 속으로 낙하. 멀리서 지켜보던 어머니의 숨이 그 순간 멈췄다고 했다. 나도 놀랐지만 엄마가 지켜보고 있다는 걸 알고 있었기에 악 소리 한 번 내지 않았다. 괜찮다고 일부러 더 크게 웃어 댔다. 내 웃음소리가 바람 사이로 퍼지자 따라 나온 엄마도 비로소 안도의 숨을 쉬었다. 실은 여기저기 긁히고 다쳤다. 몸 곳곳에는 긁힌 상처로 피가 배어 나왔고 뼈가 어긋난 듯한 묵직한 통증이 서서히 밀려 들어왔다. 집으로 돌아온 나는 아무 말 없이 욕실로 들어가 따뜻한 물줄기 아래 바닥에 몸을 눕혔다.

내가 담고자 하는 것은 껍데기뿐인 가상이 아니므로 나의 모든 행위는 실제로 행해진다. 사진에 담긴 감정과 서사는 살아 있는 몸으로부터 시작된다. 그래서 때때로 신체에 불을 붙이는 일이 있고, 며칠 동안 죽은 소를 안고 있기도 했다. 장면은 만들어지는 것이 아니라 살아 있는 몸이 그려 내며 지나간 솔직한 궤적이다. 사진은 언제나 교량에서 떨어진 그 장면에서 멈추지 않는다. 몸이 바닥에 닿는 순간이 아니라 그 직전의 시간인 두 팔에 온 힘을 실어 버티고 저항하며 공중에 매달린 그 절실한 순간에 더 오래 머문다. 버티기가 대단한 영웅의 일은 아니다. 때로 울음을 삼키는 일이기도 하고 침묵을 오래 씹어 삼키는 일이기도 하다. 흔들리는 숨과 미세하게 떨리는 손끝 그리고 점점 식어 가는 온기의 시간을 오래도록 응시한다. 내 작업 속 결말은 미완으로 남는 편이 많다. 나는 이야기의 끝을 닫아 버리는 대신 흩어지려는 순간들을 그 자리에서 오래 머무르게 함으로써 말하고자 한다. 여전히 매달려 있는 몸, 여전히 버티고 있는 어떤 마음, 그것을 있는 그대로 건네고 싶다. 어디로 흐를지 그 이후의 이야기는 늘 보는 이들의 몫으로 남겨 둔다.

어쩌면 내 작업의 진짜 시간은 그 이후일지도 모르겠다. 이미지를 본 누군가가 자신의 기억 속 어디쯤을 더듬고 오래도록 여운으로 남기를 바란다. 더는 버틸 수 없을 만큼 지쳐 있으면서도 아직 손을 놓지 않고 있다는 마음이 담긴 작업은 늘 그런 자리였다. 화려하게 극복한 삶이 아니라 어찌저찌 하루를 넘긴 마음, 언젠가 웃기 위해 지금은 울음을 삼키고 있는 얼굴, 그래도 여전히 곁을 지키고 있는 사람들의 이야기이다. 언제나 함께 안부를 나누고 싶었다. 나도 그 마음을 알아요, 그러니 끝까지 단단히 붙잡지 않아도 괜찮아요, 손을 놓아도 돼요, 라고. 나도 그 순간에 함께 매달릴 수 있겠다고 인사를 전하고 싶다. 서툴고 느리고 흔들리지만 그럼에도 여전히 살아간다. 누가 보살피지 않아도 제자리를 부여받지 않아도 이름 없이 아무 말 없이 다만 거기 있다는 사실만으로도 살

〈몸통 없는 짐승〉, 2024.

이유는 가득하다.

어떤 이들은 내게 촬영의 노하우가 무엇이냐고 묻기도 한다. 언젠가 그 질문에 대해 고민해 본 적 있었는데 나에게 노하우란 기술이나 비법보다는 마음을 들여다보는 방식에 가까운 것 같았다. 어떤 감정을 오래 품었는지 무얼 놓치지 않으려 했는지가 늘 우선이었다. 카메라보다 앞서는 것은 언제나 우리의 마음이었다. 그래서인지 장면을 만들 때면 속으로 다양한 대화를 나눈다. 이 장면은 과연 나의 삶에서 비롯된 것인지, 이 감정은 누구와 나누고 싶은 것인지. 찍는 일은 결국 내가 견디는 방식에 대한 고백이자 나와 닮은 누군가에게 내미는 조심스러운 안부 같기도 하다. 나는 사진의 고요함이 좋았다. 발설하는 말 대신 조용히 응시하는 것이 좋았다. 오래 바라보다 보면 익숙했던 것들이 낯설어지고 무뎌졌던 감각이 다시 살아나는 순간이 있다. 사진이 그런 식으로 누군가의 삶에 작은 떨림으로 닿을 수 있다면 그것으로 되었다. 오늘도 냉장고 속에는 녹다 만 채소가 있고 욕실에는 마르기 시작한 수건이 있다. 어느 날은 그것들이 내 작업의 시작이 되기도 한다. 아주 사소한 것으로부터 그리고 아주 오래된 감정에서부터.

생계형 예술가

처음 '생계형 예술가'라는 말을 들은 것은 서울에서 첫 개인전을 준비하던 때였다. 전시를 앞두고 어느 미술관의 선생님께서 내 작업을 미리 보시고 전시와 작품에 관한 글을 써 주셨는데 그 글 속에서 나는 '생계형 예술가'라는 표현과 함께 등장했다. 그리고 얼마 뒤 전시장을 통해 보도 자료를 전달받았을 때 나는 적잖이 놀랐다. 전시 홍보 글에는 다음과 같은 문장이 있었다. "본인을 '생계형 예술가'라고 말하는 이예은은…" 나는 한 번도 스스로 '생계형 예술가'라고 말한 적이 없었기에 상황을 파악하기 시작했다. 공간 측은 글을 써 주신 선생님의 글을 바탕으로 보도 자료를 작성하는 과정에서 혼선이 있었다며 사과의 뜻을 전했다. 작가에게 자료를 먼저 보여 주고 각 매체에 전달했더라면 좋았겠지만 당시 나는 작품 제작의 막바지에 있었고 전시 공간 역시 전시 외에도 많은 일들을 동시에 진행 중이었기에 그런 아쉬운 일이 생겼다. 이미 배포된 보도 자료는 어쩔 수 없었지만 이후 SNS나 기타 자료를 전달해야 하는 경우에는 해당 문구를 삭제해 달라고 요청을 드렸다. 이후 왜 이 표현이 나를 불편하게 만드는지 오랜 시간 곱씹어 볼 수밖에 없었다.

도대체 무엇이 나를 그렇게 불편하게 만들었던 걸까? 사실 '생계형 예술가'라는 표현이 그리 틀린 말만은 아니다. 나 역시 생계를 위해 노력하며 살아가고 있고 동시에 예술도 하고 있으니 말이다. 하지만 곰곰이 생각해 보면 세상의 예술가 중에서 생계를 고민하지 않는 사람이 과연 몇이나 될까? 생계를 위해 애쓰지 않는 사람이 다섯 명이라도 있을까? 아니, 한 명이라도 있을까? 물론 늘 예외적인 경우는 존재하니 어딘가에 한 명쯤은 있을 수도 있겠다. 하지만 바로 그렇기 때문에 나는 그 표현이 불편하다. 당연한 것을 마치 특별한 정체성인 양 내세우며 말하는 방식이 그렇다. 생계형 예술가라는 호칭은 내 사진의 내용을 해석하기보다 작업 위에 나를 세워놓고 바라보는 시선처럼 느껴졌다. 마치 내가 찍은 사진들 위로 누군가가 발을 디디고 서 있는 것 같았다. 그저 이 시대를 살아가는 사람들의 삶의 모습을 내가 겪은 일들과 나의 시선으로 고요히 때로는 뜨겁게 담아내고 전하고 싶을 뿐이다.

나는 왜 그들의 이야기를 전하고 싶은 걸까? 그동안의 작업들을 돌아보면 나의 시도들은 단순히 어떤 장면을 기록하는 데에 그치지 않는 것 같다. 나는 사람들이 살아가는 모습을 조용히 바라보거나 그들의 삶으로 들어가 말을 걸고 싶었던 것 같다. 그것은 특정한 메시지를 전하려는 목적보다는 내가 바라본 장면들을 통해 보는 이가 자신의 삶을 겹쳐 볼 수 있기를 바라는 마음이었다. 나는 누구의 삶도 특별하지 않다고 생각한다. 동시에 누구의 삶도 가볍지 않다고 느낀다. 그래서 그 삶들을 공감받게 하려는 것이 목적이라기보다는 그저 그렇게 살아가는 모습도 충분히 바라볼 가치가 있다는 걸 이야기하고 싶었던 것 같다.

이 시대를 살아가는 많은 사람이 늘 무언가를 증명해야만 하고 스스로에게서조차 의미를 끌어내야 한다는 압박 속에 놓여 있다. 하지만 눈에 띄지 않는 하루에도, 말 한마디 건네지 못한 감정들도, 저마다의 방식으로 우리를 숨 쉬게 하고 견디게 하는 힘이 있다. 나는 세상의 보편적인 시선들이 보잘것없다고 말하는 순간들 역시 충분히 존재해야 할 자리를 가지고 있다고 믿는다. 그저 살아 낸 하루, 누구에게도 설명할 수 없는 마음, 흘러가 버린 순간들. 내가 마주한 순간들을 사진에 담아낸 것은 그것이 어떤 식으로든 살아 있다는 증거라고 느껴졌기 때문이다. 누군가 내 작업 앞에서 잠시 걸음을 멈추고 아무 이름도 붙지 않은 삶 그 자체를 조용히 바라보며 함께 숨을 쉴 수 있다면 나는 그걸로 충분하다고 생각한다. 나는 어떤 대단한 철학자도 아니고 사회를 바꾸기 위해 목소리를 높이는 활동가도 아니다. 거대한 담론을 끌어오지도 않고 시대를 정의하는 언어는 사용할 줄도 모른다. 다만 내가 할 수 있는 방식으로 이 시대의 사람들과 그들의 삶을 조용히 바라보고 기록할 뿐이다.

사진을 찍고 글을 쓰는 일은 나에게 어떤 선언이나 증명이 아니다. 그보다는 이런 삶도 있었다고 말해 주는 것에 가까운 것 같다. 주목받지 않은 풍경, 말없이 사라지는 감정, 이름 없는 사람들의 일상을 마주할 때면 오히려 더 많은 것이 마음속에서 휘몰아친다. 사람들은 말하지 않아도 삶을 살아 내고 있고 그 안에는 수많은 감정과 질문들, 결심들이 고스란히 남아 있다. 나는 그런 정리되지 않은 삶의 단면들을 바라보고 때로는 질문을 담아낸다. 왜 우리는 이렇게 살아가는가, 이대로 괜찮은가, 누가 이 삶들을 이해해 주고 있는가. 그리고 그렇게 조용히 던져진 질문들이 언젠가는 누군가에게 닿기를 간절히 바란다. 더 나은 사람이, 더 나은 구조가, 더 나은 규칙에 대해 함께 고민해 줄 수 있는 사회라면 지금보다는 조금 덜 외롭지 않을까.

물론 내가 기록하고 표현하는 삶들이 반드시 공감받아야 한다고 생각하지도 않는다. 하지만 적어도 그런 삶도 있었다는 사실이 누군가의 시선에 들어갈 수 있다면 그것만으로도 충분히 의미가 있다고 느낀다. 누군가를 대신해 말하려는 것이 아니라 말하지 못했던 자리들을 보여 주는 일에 가까운 것 같다. 그 자리에 누군가의 마음이 닿을 수 있도록 그저 내 자리에서 계속 바라보고 담고 건네는 일을 해 나가고 싶다.

다시 처음 이야기로 돌아가서 생계형 예술가라는 단어를 본다. 여전히 그 말이 마음에 걸린다. 틀린 말이 아니다. 나는 생계를 위해 일하고 있고 그 시간 속에서 작업을 이어가고 있다. 하지만 내가 바라보는 그들의 삶이 생계로 축소되는 그 뉘앙스가 나의 작업 전체까지 납작하게 만드는 것만 같다. 이 글을 쓰는 지금까지도 생각하고 다시 생각해 보고 있다. 정말 내가 그 말에 거부감을 느낀 이유는 뭘까. 단지 그 단어 하나 때문은 아닐 것이다.

나는 내 주변의 사람들을 안다. 피부로 그들을 느낀다. 이모들과 언니들, 삼촌들, 친구들까지 모두 각자의 일터에서 묵묵히 일을 하며 살아간다. 공장, 마트, 식당, 물류센터 등. 반복되는 일상에 몸은 점점 굳어 가고 마음은 무뎌질 때도 있지만 누구도 그것을 대단하다고 말하지 않는다. 누구나 그렇게 산다. 특별해서가 아니라 그것이 삶의 한 방식이기 때문이다. 그런데 내가 예술을 한다고 말하는 순간 그들이 하는 것과 같은 노동의 감정과 맥락이 갑자기 특별하게 비치기 시작한다. 생계를 유지하며 작업을 한다는 사실이 어떤 서사로 읽히고 예술가로서의 정체성을 극적으로 만들어 주는 요소로 해석되기도 한다. 어느 순간 그런 시선 속에서 나 자신조차도 내 현실을 작품의 도구로 이용하고 있는 건 아닐까 하는 생각을 끊임없이 하게 된다.

그것이 나를 불편하게 한다. 나의 작업은 절실함이나 고단함으로만 설명되는 것은 아니다. 물론 그런 감정도 삶의 일부로 존재한다. 하지만 내가 담고자 하는 것은 그 감정 너머에 있는, 더 작고 묘한 틈들이다. 이 시대를 살아가는 사람들의 생활감, 반복되는 날들 속에서 보이는 균열 그리고 그 안에 깃든 침묵 같은 것들. 나는 내가 살아온 환경과 내가 마주했던 사람들의 얼굴과 목소리를 기억한다. 그들이 지나온 시간 속에서 남긴 작은 흔적들을 있는 그대로 담고 싶다. 그것이 특별한 메시지를 지녀야 한다고는 생각하지 않는다. 오히려 어떤 의미를 억지로 부여하지 않기 위해 노력하는 편이다. 나는 삶에 대한 해석보다는 삶의 존재를 보여 주고 싶다.

어느 누군가의 공감을 강요하고 싶지 않다. 거짓 없이 느꼈던 장면들을 담아 건네고 싶다. 그 장면들이 누군가에게 도착한다면 그건 또 그 사람의 방식으로 읽히게 될 것이다. 누군가에게 닿는다면 그것으로 충분하다. 그래서 나는 스스로 생계형 예술가라고 부르고 싶지 않다. 그 말이 틀려서가 아니라 그 말 하나로는 내가 담고 있는 작업의 온도와 감정, 시선이 어쩔 수 없이 어긋나기 때문이다. 예술을 통해 거창한 무언가를 말하려는 것이 아니다. 내가 할 수 있는 방식으로, 내가 살아온 자리에서 누구처럼 평범하게 일하고 그 시간 속에서 남겨진 감정들을 천천히 꺼내 본다. 그리고 그 조각들을 사진으로 남긴다. 그것들은 내가 살아온 자리의 증거이자 내가 기억하고 싶은 삶의 흐름이 될 것이다. 내가 바라보는 삶이란 그런 것이다. 과장되지 않고 애써 특별하지 않지만 결코 가볍지 않은 것들. 그런 삶의 얼굴을 나는 천천히 오래 바라보고 싶다.

〈길이 재기〉, 2023.

〈높이 재기〉, 2023.

실내 온도 높이기

눈이 소복이 내려앉던 어느 날 나는 차가운 외벽에 온몸을 꼭 붙인 채 서 있었다. 마치 실내 온도를 조금이라도 올릴 수 있을 것처럼 차디찬 벽에 작은 온기라도 전하려 끌어안고 있었다. 지금 돌이켜보면 그런 내 모습이 우습기도 하고 한편으로는 그 시절의 참으로 막막했던 감정들이 밀려오기도 한다. 그 무렵 나는 여러모로 고단했고 참 열심히 살고 있었다. 〈실내 온도 높이기〉는 바로 그런 시절에 쏟아 내듯 만들었다. 주변 사람들에게는 티 내지 않았지만 그때의 일상이 단 한 순간도 쉽게 흘러가지 않음은 사실이었다. 삶의 여러 조건이 뒤엉켜 하루하루

숨을 고르는 일조차도 어려웠다. 등록금을 마련하기 벅찼던 나는 안성에 있는 학교의 조교직에 지원해서 학교의 행정 업무를 처리하며 일을 했다. 퇴근을 하면 생활비를 벌기 위해 야간 공장으로 향했다.

어느 공장에서 어떤 일을 했는지 세세히 기억하기는 어렵다. 불러 주는 곳으로 가서 닥치는 대로 일을 했다. 그 무렵 다행히도 예술 관련 기관과 재단에서 나를 다양한 일로 불러 주기 시작했다. 가끔은 이름 옆에 '선생님' 혹은 '작가님'이라는 호칭이 붙기도 했고 나의 작업을 진지하게 들여다보는 시선도 생겨났다. 그런데 이상하게도 그런 인정은 나를 자유롭게 하기보다 오히려 무겁게 만들었다. 혹시 이 일을 하면 나를 작가로 인정해 줄까? 조심스럽고도 부끄러운 기대가 내 안에서 자꾸만 자라났다. 나는 그런 기대를 외면하지 못했고 무리라는 것을 잘 알면서도 들어오는 일들을 쉽게 거절하지 못했다. 아니, 오히려 더 잘 해낼 것처럼 행동했다. 그 기대에 응답하듯 알바도 프로젝트도 작업도 닥치는 대로 맡았다. 몸은 당연히 지쳐 갔지만 마음은 좀처럼 식지 않았던 것 같다.

그 시절 나는 정말이지 쉼 없이 움직이고 있었다. 몸이 부서지라고 일을 하고 시간이 남지 않도록 바쁘게 살아도 무언가 나아지는 기색은 보이지 않았다. 하루 벌어 하루를 겨우 이어가는 삶은 형편을 개선하지도 미래를 약속하지도 않았다. 완성도 높은 사진 작업을 하기란 불가능에 가까웠고 누군가 인정해 주는 일도 없었다. 나는 끝없이 나를 소모하고 또 소모하며 하루를 견뎌 낼 뿐이었다. 무언가 남기기보다는 스스로 깎아내리는 데 가까운 시간들이 이어졌다. 그러다 어느 날 문득 이런 식이라면 아무것도 이루지 못한 채 삶이 끝나 버릴지도 모른다는 생각이 들었다.

눈이 고요히 내려앉아 세상이 온통 하얗게 잠든 어느 날 나는 커다란 건물의 차가운 외벽을 꼭 껴안았다. 마치 실내 온도를 조금이라도 높이기 위해 내 체온을 그 무심한 벽에게 기꺼이 나눠 주겠다는 어쩌면 어리석고도 절박한 마음으로 말이다. 애초부터 불가능한 일이라는 것을 알면서도 나는 그 얼음장 같은 벽을 부둥켜안고 한참을 서 있었다. 사진 속의 인물은 아무런 반응도, 오고 감도 없는 벽을 향해 두 팔을 활짝 벌리며 다가선다. 기댈 수도 기대할 수도 없는 무감각한 대상에게 애써 온기를 나누려는 이 행위는 우스꽝스럽고 허망한 몸짓이었지만 그건 내가 할 수 있었던 가장 진실한 표현이었다.

그렇게 한참이나 벽을 끌어안고 있던 그날 나는 그제야 비로소 깊이 숨겨 두었던 감정을 바깥으로 꺼내 놓고 싶어졌다. 그 벽은 나의 절박함과 외로움을 굳이 알아볼 의무가 없다는 듯 차갑게 서 있었다. 그런 무심한 벽을

〈실내 온도 높이기〉, 2021.

끌어안으며 나는 처음으로 나 자신을 조금이나마 위로해 본 것 같기도 했고, 또 한편으론 이대로 얼어붙은 채 죽을 수도 있겠다고 생각하기도 했다. 그렇게 차갑고 무정한 대상에게서 위안을 느끼고 있다는 사실이 참 이상하면서도 그 시절의 나에게는 그마저도 충분히 위안이었다. 그날 이후로도 내 삶은 여전히 비슷하게 흘러갔다. 그날도 마찬가지였다. 여느 날과 특별히 다르지 않은 하루였다. 하루 종일 일을 하고 나와서 멈춘 듯한 시간과 사람들 사이를 힘겹게 지나 집으로 돌아왔다. 축축하게 젖은 솜이 불처럼 무거운 몸을 이끌고 간신히 현관문을 열어 소파 위에 던지듯 몸을 눕혔다. 눈은 떠 있었지만 무엇을 보는 것도 아니었고 생각은 있었지만 아무것도 흐르지 않았다.

그렇게 한참을 누워 있다가 문득 시야 한편에 작게 인화해 두었던 〈실내 온도 높이기〉의 테스트 프린트가 들어왔다. 그 장면을 가만히 바라보다가 처음으로 나는 사진 속의 그 이후를 상상하게 되었다. 이전까지의 나는 그저 장면을 구성하고 그것을 담고 조용히 남기는 사람이었다. 그러나 그날은 어쩐지 다르게 마음이 움직였다. 사진 속 인물의 이후를 그 다음을 자꾸만 상상하게 되었다. 누군가 그 벽을 나와 함께 안아 주면 좋겠다는 생각. 나보다 더 따뜻한 사람이 다가와 "실내 온도는 그렇게 높이는 게 아니야"라고 말하며 나를 이끌어 건물 안 어딘가에 불을 지피는 상상. 그것은 단지 그 순간의 공상이라기보다 어쩌면 내가 오래전부터 마음 깊숙이 간직하고 있었던 바람이었는지도 모른다. 말로 꺼내 본 적은 없지만 내 안에서 눌려 있던 작은 소망 같은 것 말이다.

그날의 사진 속에는 분명히 '어딘가에 함께 있음'이라는 장면이 조그맣게 꿈틀대고 있었다. 마치 사진이 먼저 내게 말을 걸고 나는 그 말을 조심스레 따라가는 듯한 기분이었다. 그날의 장면은 나에게 아주 조금, 그러나 분명히 변화를 일으켰다. 내 안의 어느 부분이 조용히 열리고 있다는 것을 느꼈다. 그리고 이 이후로 나는 내 작업 속 인물에게 누군가가 다가오기를 바라는 사람이 되었다. 온기를 가지고 불을 가지고 할 말을 가지고 다가오는 누군가를 기다리는 마음. 그 마음은 장면 속 타인만을 향한 것이 아니라 결국은 나 자신에게도 향하는 것이었다. 그러자 사진이라는 장면에 타인의 존재가 들어오기 시작했고 어느 순간부터 그 장면 안에는 관계라는 것이 피어나기 시작했다.

나는 마리나 아브라모비치Marina Abramovic의 초기 작업을 참 좋아한다. 그녀가 자신의 몸을 내리치는 퍼포먼스를 펼칠 때 그 앞에 선 관객들은 단순히 구경꾼으로 머무르지 않았다. 그녀의 몸이 고통 속에 놓이자 어떤 이들은 예술적 의미를 분석하거나 해석하려 하기보다 본능처럼 무대 위로 달려들어 폭력의 행위를 멈추려 했다. 그 장면은 내게 늘 깊은 울림으로 남아 있다. 한 발짝 떨어져 있던 사람들이 관조자에서 참여자로 목격자에서 행위자로 바뀌는 찰나의 순간. 그들이 뛰어든 이유는 예술을 이해해서가 아니라 그 안에 살아 있는 몸의 떨림과 마음의 비명을 감지했기 때문일 것이다.

예술이라는 이름 아래 때로는 멀어지기 쉬운 감각들이 오히려 가장 본질적인 방식으로 되살아나는 그 순간. 나는 그 격렬한 진실이 예술이 가질 수 있는 가장 강력한 언어라고 믿는다. 그리고 내 작업에서 내가 늘 직접 행위를 하는 이유도 그 믿음에서 비롯된다. 나는 사진 속에서 내 몸을 드러내고 나의 움직임을 담는다. 그것은 단순한 미장센도 완벽하게 계산된 연출도 아니다. 살아 있는 행위만이 또 다른 살아 있는 감각을 불러올 수 있다고 나는 믿는다.

삶이 스며든 몸, 시간과 감정의 무게를 짊어진 몸은 타인의 마음에 닿는 가능성을 지닌다. 그것은 비언어적인 공명이며 침묵 속의 울림이다. 사진이라는 장면 안에 내가 등장하는 이유는 바로 그 울림을 믿기 때문이다. 한 존재가 자신의 삶을 다해 뒤흔드는 순간, 또 다른 존재도 그 떨림을 감지하게 될 것이라 나는 생각한다. 예술은 그렇게 서로 다른 두 세계가 멀리서도 서로를 울리도록 한다.

〈실내 온도 높이기〉 이후 나는 더 이상 어떤 명확한 결말을 전제로 사진 작업을 하지 않았다. 내가 그리는 장면들은 언제나 열려 있고, 그 결말은 언제나 보는 이에게 조용히 되묻는 쪽을 택하기로 했다. 이야기를 닫기보다는 누군가 다가와 함께 상상하기를 기다리는 방식. 나는 사진으로 연결되는 법을 새로 배웠다.

이처럼 누군가에게 다가가는 일은 언제나 낯설고 조심스럽다. 그래서 이 글 역시 내게는 쉽지 않은 일이었다. 늘 사진기 뒤편에서 조용히 세계를 바라보던 내가 이제는 문장이라는 형식을 통해 누군가에게 말을 건네려 한다는 것. 그것은 어딘가 망설여지는 일이었고, 감정의 결을 스스로 드러내야 한다는 점에서 어쩐지 부끄럽기도 했다. 그러나 그 망설임 속에서도 나는 말해 보고 싶었다. 나의 언어와 나의 문장으로 나의 장면을 만들고 싶다는 마음. 어쩌면 사진이 내게 허락한 다시 말 걸기의 감각이 이제는 문장을 통과해 또 다른 방식의 접촉을 시도하고 있는 것인지도 모르겠다. 이 글들이 앞으로 어떤 걸음들과 나란히 걷게 될지 그 길 위에서 어떤 표정으로 마주하게 될지는 여전히 잘 모르겠다. 어딘가 닿을지 머물지 다시 사라질지 알 수 없다. 마음 한쪽에는 작은 기대가 있지만 그보다 훨씬 더 크게 자리를 잡는 것은 언제나 조심스러움이다.

　나와 내 주변 사람들의 내밀한 이야기들이 어떻게 읽히고 어떻게 기억될지 예측할 수 없는 마음들이 조심스럽게 겹친다. 나는 요즘 사진을 찍는 마음과 글을 쓰는 마음이 크게 다르지 않다는 것을 느낀다. 어떤 장면 앞에 오래 머무르고 말보다 깊은 침묵을 지나 마침내 조심스럽게 마음을 건네는 그 과정. 그것은 렌즈 앞이든 백지 위든 닮아 있다. 말보다 더 많은 것을 품고 있는 고요 속에서 천천히 떠오르는 문장들과 그 안에서 나도 조심스럽게 나를 꺼내어 건네고 있다. 이 글이 어디까지 닿을지 누구에게 읽힐지 나는 끝내 알 수 없겠지만 분명히 말할 수 있는 마음이 있다. 이 글이 누군가에게는 아주 작은 숨결이 되어 주길. 스치듯 지나가다 문득 멈춰 쉬어 가는 그늘이 되기를 혹은 조용한 위로가 되거나 새로운 걸음을 내딛게 하는 또 다른 응원의 시작이 되어 주기를 나는 진심으로 바라고 있다.

더 가까이

나는 종종 그런 생각에 오래 머문다. 나는 나를 스스로 뭐라고 부를 수 있을까, 라는 생각. 어떤 직함이나 역할이 아니라 내가 나를 부를 수 있는 내 삶에 가까운 말말이다. '사진가'라는 단어는 여전히 어색하다. 그 말 아래 나를 놓으면 오히려 내 모서리들이 도드라지는 기분까지 들곤 한다. 너무 반듯하고 잘 다려진 셔츠는 어딘가 나와 맞지 않는 느낌이다. 그보다는 하루하루 다른 이름으로 불리는 삶이 나에게 더 잘 어울리는 것 같다. 물류창고의 호출음, 촬영 알바에서의 셔터음, 작업장의 출근표에 박힌 숫자들 속에서 나는 사진가가 아니라 시간 단위로 나뉜 노동의 틈에 스며든 사람이다.

공장에서 일하던 사람이 일자리를 잃으면 그는 어디로 가는가. 식당의 종업원이 유니폼을 벗었을 때 우리는 그들을 어떤 말로 다시 불러야 할까. 나는 차라리 이렇게 불리고 싶다고 생각한다. 유행가를 즐겨 흥얼거리는 사람, 붉은 벽돌집에 살기를 오래 꿈꾸는 사람, 돌멩이를 하나씩 주워 모으는 사람, 햇살 좋은 날이면 식물들을 옥상으로 옮겨 이파리 하나하나를 들여다보는 사람. 뭐, 이런 식으로 말이다. 직업보다 덜 정확하고 이력서에 쓸 수는 없지만 그런 이름들이야말로 제대로 부를 수 있는 방식이라는 생각이 든다. 무엇을 하느냐가 아니라 무엇을 사랑했고, 무엇에 마음을 주었는지, 무엇을 바라보며 시간을 견뎠는지. 그 조각들을 엮은 이름으로 불리고 싶다. 세상이 손쉬운 정의로 우리를 단정하지 못하도록, 한 문장 안에서 다룰 수 없도록. 흐름과 방향을 스스로 바꿀 수 있는 존재이고 싶다. 필요한 곳이라면 어디든 스며들 수 있고, 또 어떤 자리에서도 빠져나올 수 있는, 완성되지 않은 문장처럼 계속 써 내려갈 수 있는 사람이고 싶다.

작은 동네에 오랫동안 살다 보면 누가 무엇이 되었더라는 이야기가 유난히 또렷하게 들려온다. 어느 공공기관에 들어갔다더라, 해외로 가 버렸다더라, 어느 공장에서 일을 하고 있다더라 하는 그런 말은 한 사람의 삶을 손쉽게 요약하고 그가 지나온 시간을 하나의 결과로 압축해 버리곤 한다. 게다가 사회적 위치에 따라 그 사람의 과거는 유난히 밝은 조명 아래 놓이곤 한다. 같은 이야기더라도 누군가는 애틋한 서사의 주인공으로 기억되고 누군가는 도무지 책임을 다하지 못한 사람으로 기억된다. 그들이 어떤 마음으로 그 시간을 견뎠는지는 중요하지 않다. 무엇이 되었는가. 그 단 하나의 기준이 수많은 어제를 새로운 의미로 덧칠해 버린다. 게다가 유독 가난은 종종 하나의 결과처럼 다뤄지곤 한다. 누구도 가난의 풍경을 들여다보려 하지 않은 채 그 무게를 개인의 어깨에 얹는다. 말하지 않아도 아는 듯, 설명하지 않아도 이미 정해진 듯, 그 삶의 책임은 오롯이 그 사람의 몫이 된다. 과연 그 모든 것들이 정말 한 개인만이 짊어져야 할 몫인 것일까. 태어날 때부터 쥐어진 조건들, 불균등한 제도와 닫힌 기회, 이미 높아질 대로 높아진 문턱들. 그 모든 것을 지운 채 노력이라는 말 하나로 한 사람을 판단한다는 것은 얼마나 폭력적인 일인지 차마 말로 다할 수 없다.

작은 동네 안에는 어린 우리가 감당하기엔 너무 이른 삶의 문제들이 있었다. 어떤 친구는 전날 밤 술에 취한 삼촌에게 혁대로 맞고 온몸에 멍이 들어 다음 날 학교로 겨우 걸어오곤 했다. 살갗 아래 엉겨 붙은 푸른 자국들은 아무 말 없이 책상 앞에 앉아 있던 그의 표정을 따라 더

〈더 가까이〉, 2024.

짙어 보였다. 어떤 친구의 아버지는 동네 사람들 사이에서 깡패라고 불렸다. 그 친구는 늘 폭력의 그림자 속에 있었고 그래서인지 자주 집 밖에 머물렀다. 그가 익힌 폭력의 제스처는 다시 다른 누군가에게 전해졌고 그렇게 상처는 방향을 바꾸어 흘렀다. 할머니와 사는 친구들은 대체로 두 부류였다. 어딘가 주눅이 들어 있는 모습이거나 그 모습을 감추기 위해 더 거칠게 말하고 행동했다. 둘 다 말보다 먼저 몸으로 삶을 배우고 있었다.

어머니와 단둘이 살던 어느 친구가 있었다. 그녀의 어머니는 티켓다방에서 일을 하셨고 남자 손님들은 "나가서 잠시 놀다 오렴" 하고 그녀에게 지폐 몇 장을 쥐여주었다. 그 친구는 어린 나이에도 늘 돈이 있었고 돈을 쓰는 일에 거리낌이 없었다. 그녀가 그렇게 일찍 배운 것은 돈을 쓰는 법이 아니라 자리를 비우는 법이었고, 아무 일도 아닌 척하는 태도였다. 부모가 감당하지 못한 삶의 무게를 아이들에게 지우고 사라진 경우도 있었다. 그렇게 절에 맡겨진 아이들은 그곳에서 자라나게 되었고, 흘러가는 날들 속에서 절의 호흡과 풍경을 삶의 일부처럼 받아들이며 자라났다. 그 친구들은 너무 어른스럽거나 너무 조용하거나 익숙하게 혼자였다. 반에는 지적장애가 있는 친구가 둘 있었다. 한 친구는 갑자기 불안에 휩싸이면 교실 한가운데에서 배변하기도 했다. 다른 한 친구는 남자애였는데 동네의 못된 어른들이 버려진 담배를 주워 피우는 방법을 단순 유희로 가르쳤다. 그는 중독이 무엇인지도 모른 채 땅에 떨어진 담배를 자주 태웠고 늘 맞고 와서 피로가 가득한 얼굴로 교실에 앉아 있었다.

　시골의 선생님들은 그런 우리를 감당하지 못했다. 때로는 더 큰 폭력으로 우리를 다루려 했다. 초등학교 3학년 때에는 산만했던 한 친구를 향해 선생님은 자신의 손목시계를 풀며 말했다. "뒷문 닫아, 앞문 닫아." 그러곤 서른 명 남짓한 아이들이 지켜보는 앞에서 그 아이를 무차별적으로 때리고 또 때렸다. 6학년이 되어서 만난 선생님은 그날의 기분에 따라 학생들의 뺨을 손쉽게 내리쳤다. 우리는 그 손의 방향을 가늠하며 하루를 견뎠다. 언젠가 서울에서 만난 사람들에게 그런 이야기를 들려주면 "그거 팔십 년대 이야기 아니야?"라며 웃었다. 그들은 믿지 않았다. 그런 시대는 이미 끝났고 그런 일은 없다고 말했다. 하지만 그곳엔 분명히 끝나지 않은 폭력을 견디는 사람들이 있었다. 그 아이들은 지금 어디에서 어떻게 살아가고 있을까. 누군가는 결혼했다가 남편의 폭력에 견디다 못해 이혼했고, 누군가는 너무나 다정한 사람이었지만 끝내 반복되는 삶의 좌절 끝에 성 노동자가 되었다. 어떤 사람은 연구자가 되기도 했고, 어떤 사람은 공장에서 일을 한다. 배달업, 종업원, 공장 일용직으로 부르기에는 자꾸만 그 앞에서 말을 멈추게 된다. 그 안에는 다 담기지 않는 표정들과 시간이 너무 많기 때문이다. 무언가를 안다는 것은 그에 대해 더 많은 언어를 갖게 된다는 뜻일지도 모른다. 이해의 폭이 넓어진다는 건 아는 것을 넘어 그 사람이 지나온 밤의 길이와 마음 한구석의 침묵까지 더듬어 본다는 뜻일지도 모른다.

내가 살아오며 만난 사람 중 그 행동이나 말에 이유가 없는 사람은 없었다. 누구의 폭력과 누구의 침묵도 그 나름의 사연과 고단한 그림자를 길게 늘어뜨리고 있었다. 그래서일까, 나는 이해할 수 없다는 쉬운 말로 숨지 않으려 한다. 심지어 그것이 나를 향한 폭력이었을지라도 말이다. 하지만 세상은 그런 우회하는 마음을 점점 견디지 못하는 듯하다. 사연을 듣기보다는 요약을 원하고 삶의 굴곡보다는 단순한 지침을 좋아한다. 길고 복잡한 문장보다 쉽고 빠른 정답을 원한다. 그렇게 우리는 점점 더 납작한 이름으로 불린다. 표정과 서사 없이 지표와 수치로만 존재하는 사람들이 되곤 한다. 이해의 폭이 줄어들수록 우리는 더 단순한 언어와 이미지를 찾는다. 사연 없는 말과 연민 없는 판단 속에서 삶은 납작해지고 존재는 표면만 남긴 채 점점 사라진다. 그렇다면 예술에서는 과연 조금 다를 수 있을까? 내게 그렇게 간절히 믿고 싶었던 적이 있었다.

〈더 따뜻하게〉, 2024.

나의 이야기와 함께 고단한 시간들을 건너온 이들의 이야기로 작업하게 될 때면 유독 눈을 반짝이며 듣는 사람들을 자주 만나곤 한다. 사실 대부분이 그랬다. 그들은 우리의 삶을, 서툴고 끈질긴 존재를 어딘가 신성한 것처럼 바라보았다. 공장에서 일하며 작업을 이어가는 나의 삶은 그들의 시선 안에서 우습게도 어느새 숭고한 어떤 상태로 바뀌곤 했다. 나는 그 시선을 정확히 느낄 수 있었다. 하지만 이상하게도 그 경외감은 우리의 삶을 더욱 납작하게 만들었다. 그들은 귀를 기울였지만 그 기울임은 타인의 아픔을 이용해 자신의 도덕성을 확인하기 위한 움직임일 때도 있었다. 낮은 곳의 목소리를 듣는다는 행위 자체에 감동을 받는 것은 그들 자신이었다.

한번은 그런 일이 있었다. 나의 작업을 지지하던 이가 참여한 행사에 신경 써서 단정한 옷차림으로 인사를 드리러 간 적이 있었다. 작업의 흔적이 묻은 편한 옷차림 대신 모처럼 격식을 갖춰 단정하게 차려입은 탓이었을까. 그는 내 모습을 보자 몹시 당황한 얼굴로 주변 사람들에게 나를 급히 소개했다. 그러고는 마치 자신의 판단을 변명하듯 말을 덧붙였다. "예은 작가는 평소에 이런 모습이 아니에요." 그녀가 기대했던 "예은 작가"의 모습은 무엇이었을까. 그때의 나는 덜 단정하고 일에 지친 모습이어야 했던 걸까. 나는 그 순간 그녀의 빛나는 도덕성에 어울리지 않는 어색한 불청객이 된 기분이었다. 예술계에서 육체노동자는 종종 안쓰러운 존재로 간주하곤 한다. 시간이 흐르고 작업을 이어가자 사람들은 점점 이런 식으로 나를 소개했다. "요즘 이렇게 작업하는 젊은이는 정말 드물어요." 처음에는 그 말들이 한없이 다정하게 들렸고 고마웠다. 하지만 지금은 그 다정함이 어딘가 기이하게 느껴진다. 그들이 생각하는 예술가상에 내가 적합한 모습인 것처럼 느껴진다. 그런 뒤섞인 감정들이 어딘가에서 삐걱거린다. 나는 이야기를 팔아 나 자신을 세워 온 건 아닐까. 그들의 도덕성이 정교해질수록 나의 도덕성은 흔들리고 또 흔들렸다.

내가 사진 속에 나를 내세웠던 다양한 이유 중 하나는 다른 누군가의 모습과 얼굴을 타자화된 구경거리로 만들고 싶지 않았기 때문이다. 그것은 우리의 이야기였고 곧 나의 이야기였기 때문이다. 공모를 준비하고 경쟁에 뛰어들며 기회를 얻기 위해 애쓰는 방식은 많은 작가들이 택하는 길이다. 하지만 지금의 나는 그 길이 내 작업과 맞닿아 있는지 선뜻 답을 내리지 못하겠다. 작업을 경쟁이라는 차가운 테이블 위에 올려 두는 일에 언제나 삼켜지지 않는 알약처럼 묘한 이물감과 저항감이 그림자처럼 따라붙었다. 수많은 공모전의 화려한 조명 아래에서 정작 작품의 고유한 서사는 희미하게 휘발되고 작가의 이름

석 자만이 거대하게 남곤 했다. 작품이 작가를 위한 배경으로 전락하고 본질은 지워진 채 작가의 명성만 부각되는 그 기이한 주객전도의 풍경 앞에서 늘 불편했고 몹시 서글펐다.

　요즘 예술가들 사이에선 그런 농담이 오간다. 노동자와 소수자 그리고 이민자 이야기를 하면 인정받고 소위 '뜬다'고 한다. 비극은 곧 자산이 되고 연민은 수익이 된다. 사람들은 고개를 끄덕이며 울거나 웃고 그 눈물과 웃음 속에서 삶은 서서히 거짓이 된다. 그렇게 누군가의 현실은 점점 더 납작해진다. 손끝의 굳은살보다 더 거칠게 살아 낸 순간들이 몇 줄의 기획서와 누군가의 도덕적 만족감을 위해 요약된다. 어떤 서사는 더 효과적이고 어떤 고통은 더 적절하게 감동적이다.

　나는 그런 예술 판에 침을 뱉고 싶다. 작고 반짝이는 윤리와 미감을 들고 누군가의 삶을 품평하는 그들의 손끝을 뜨겁고 날카로운 분노에 담그고 싶다. 하지만 동시에 여전히 그들 앞에서 고개를 숙이고 연민의 눈빛에 어설픈 미소를 지으며 욕망을 억누르는 나에게도 침을 뱉고 싶다. 감사하다는 말과 부끄러운 감정이 자꾸만 뒤엉켜 내 안에서 비루하게 흘러내린다. 그럴 때마다 나는 비겁하고 겁쟁이 같은 나를 바라본다. 끝내 그 말에서 벗어나지 못하고 있다. 내가 나를 속이는 줄 알면서도 머물고 있다. 참 부끄럽다. 이건 천천히 썩어 가는 마음의 기록이 아닐까 싶다. 처음엔 이야기를 전하고 싶다는 마음 하나로 시작했다. 하지만 시간이 흐르면서 그 마음조차 '잘 되는 법'과 '잘 먹히는 방식'으로 변하고 있었던 것은 아닐까. 그 사실을 되새길 때면 문득 나조차도 알지 못하는 사이에 무언가를 놓치고 있는 건 아닌지 되묻게 된다.

그런 마음들이 잦아들지 않던 어느 시기에 나는 SNS 계정을 하나 만들었다. 보름에 한 번씩 사진 작업과 관련된 짧은 이야기를 올리는 공간이었다. 그건 스스로와의 약속이기도 하고 어디엔가 있을지도 모르는 누군가에게 보내는 희미한 신호였다. 누구나 볼 수 있는 자리에 우리의 이야기를 올린다는 것은 생각보다 훨씬 큰 결심이 필요했다. 한 장의 사진과 몇 줄의 문장으로 삶의 일부를 펼쳐 놓는 일은 결코 가볍지도 느슨하지도 않은 작업이었다. 그런데 그 계정을 본 몇몇 동료들이 조심스럽게 내게 말했다. 그렇게 작업을 쉽게 보여 주면 김이 샌다는 것이다. 언제든 누구나 볼 수 있다는 것이 작업의 긴장을 헤칠 수도 있다는 염려였다. 그 말을 들을 때 나는 잠시 멈칫했다. 그 말은 작가가 확실한 방법으로 눈에 띄어야 하고 공모의 순간에 맞춰 '짠!' 하고 등장해야 한다는 오래된 관습이 지켜지고 있다는 뜻이었다. 오래된 관습에서 벗어나는 일이 두려운 건 작업물을 지키고 싶었기 때문일까,

아니면 작가라는 자리에서 밀려날까 조바심이 났기 때문일까. 나는 아직도 답을 찾지 못했다. 때때로 삶의 속도에 따라 늦어지기도 하지만 여전히 보름마다 작업과 글을 업로드하고 있다. 누군가 어느 날 우연히 그 페이지를 열어 가만히 들여다보다가 작은 공감을 느끼고 잠시라도 위로받기를 바라며, 혹은 아주 드물게라도 서로의 이야기를 주고받게 될지도 모른다는 희망을 품으면서 말이다. 영리한 방식은 아닐 것이다. 아니, 오히려 그 반대로 가는 길인 것 같은 기분이 든다. 하지만 나는 그런 방식 속에서 묻고 싶다. 왜 이야기는 있는 그대로 바라볼 수 없는 걸까. 왜 하찮게 여겨지거나 과하게 신성시되는 걸까.

사람들 틈을 돌아다니다 보면 유시민 작가님이 말한 한 문장이 떠오른다. "평범한 다수가 스스로를 구한다." 나는 그 말을 오래 좋아해 왔다. 그 문장 속에는 빛나지 않아도 괜찮은 존재들이 서로를 지켜 내는 방식들이 들어 있다. 작지 않다는 걸 증명하지 않아도 작지 않은 삶들이 있다는 것을 서로가 안다. 물론 아무리 진심을 건넨다고 하더라도 어떨 땐 오해가 되고 소비가 되고 어느새 전혀 다른 얼굴로 바뀔 수도 있는 것도 안다. 그렇기에 여전히 나는 두렵다. 여전히 몹시 어린 작가의 자리에 있는 나는 이런 생각들이 누군가에게는 서툴고 어리석게 보일 수 있다는 것도 잘 알고 있다. 어쩌면 아주 먼 훗날 미래의 내가 이 글들을 다시 펼쳐 본다면 이 모든 문장을 찢어 불에 태워 버리고 싶을지도 모르겠다. 그렇지만 지금 내가 쓰고 있는 이 말들과 이 방식들 그리고 이 마음만은 분명한 나의 선택이고 나의 책임이며 이 순간을 살고 있는 나라는 사람의 흔적이다.

비행

　　우리 집은 부모님과 네 남매 그리고 할아버지까지 일곱 식구가 한 지붕 아래에 몸을 누이고 살았다. 아버지는 현장 일 때문에 자주 집을 비우셨고 며칠 만에 집으로 돌아오실 때면 늘 어딘가 결심한 듯한 얼굴이었다. 잘살아 보자는 의지의 표시로 머리를 박박 밀고 들어오는 날도 있었다. 짧게 깎인 머리는 다짐의 표현이자 새로운 시작에 대한 선언이었다. 어머니는 몸으로 할 수 있는 모든 일을 했다. 식당 주방의 불 앞에 오래 서 있거나 물류창고에서 박스를 날랐고 남의 집을 청소하는 일도 마다하지 않았다. 그녀의 손에는 늘 고단함이 묻어 있었고 손끝에는 삶의 흔적이 굳어져 있었다. 그 시절 우리 집 안에는 언제 터질지 모를 풍선이 무겁게 내려앉아 있는 듯했다. 낮에는 조용히 숨을 죽이고 있다가도 저녁에 온 가족이 모이면 그것은 천천히 불안의 형태로 부풀었다.

어린 나는 그 안에서 늘 무언가를 감지하려 애를 썼다. 말끝의 떨림, 걸음의 속도, 문이 닫히는 소리의 높낮이 같은 것들. 부모는 가난과 피로에 대한 짜증을 서로에게 쏟아 내며 날이 선 언쟁을 이어 갔고 나는 그들의 과거에 사랑이라는 것이 있었을까, 의심하곤 했다. 싸움은 대개 부엌이나 거실 한가운데서 시작되었다. 식탁 위의 밥이 미처 식기도 전에 감정이 먼저 식어 갔고 다툼의 불씨는 타올랐다. 높아지는 목소리와 던져지는 물건들, 차오르는 숨소리가 오갔다. 싸움은 경고 없이 찾아와 우리 집을 순식간에 전쟁터로 바꿔 놓았다. 그 중심에서 할아버지는 조용히 그 광경을 바라보았다. 지적장애가 있는 내 할아버지의 눈동자는 자주 멀고 흐렸고 싸움이 한창일 때에도 그는 그저 같은 자세로 먼 곳을 응시하고 계셨다. 말이 없다는 건 때로는 세상의 모든 고통을 품고 있다는 뜻 아닐까.

어린 우리는 각자의 방으로 도망쳤다. 문을 닫고 숨을 낮췄다. 두려움에 떨며 웅크렸다. 마치 서랍 속에 던져진 양말처럼 조용히 구겨졌다. 숨소리도 내지 않고 싸움이 끝나기를, 고요가 돌아오기를 기다렸다. 어떤 날은 그 고요를 견디지 못해 몸을 일으켰다. 나는 높은 화장실 창문의 좁은 틈에 몸을 비틀어 통과하고 맨발로 마당에 뛰쳐나가 싸움을 멈춰 줄 어른을 찾아 나섰다. 도와 달라고 말하는 법조차 서툴렀지만 그 순간 나에겐 그저 어른이 필요했다. 그들의 폭력은 결코 두 사람만의 지옥으로 끝나지 않았다. 때로 그 불꽃은 자식들에게 튀었고 우리는 그 잔해 속에 웅크려 있어야 했다.

집에서 위치가 조금 떨어진 중학교에 진학했을 무렵 나는 또 다른 세계에서 새로운 타겟이 되었다. 가족만 알던 표적이 아니라 친구들의 눈에 띄기 시작한 것이었다. 한 학년에 고작 마흔 명 남짓한 시골의 작은 학교에서는 서로의 이름은 물론 발소리마저 식별이 가능했던 아이들이 그들만의 질서를 만들어 갔다. 그리고 그 질서의 이면에는 언제나 만만한 아이를 괴롭히는 놀이 문화가 있었다. 여자아이 중엔 키가 작고 웃음이 예뻤던 친구 한 명과 내가 늘 그들의 조롱과 타박의 대상이었고, 남자아이 중에서도 어느 한 명이 선택되었다. 셋은 언제나 그들 사이를 순환하는 먹잇감처럼 존재했다.

그들에게 나는 꼭 멈췄다가 가는 일상이었고 또 하나의 장난감이었다. 얼굴이 하얗다는 이유로 뺨을 맞고 발길질을 당하기도 했다. 친구는 나를 때렸고 그 옆에 다른 친구들은 웃어 댔다. 가끔은 그들이 나에게 관심을 거두고 느닷없이 친절을 베풀 때도 있었다. 그땐 내가 아닌 다른 아이로 표적이 옮겨간 것이다. 그 아이에게 향하는 시선과 손길을 보며 나도 모르게 안도했고 그 아이의 시간이 조금 더 길어지기를 바란 적도 있다. 내가 표적에서 벗어나는 유일한 방식이 그것뿐이라는 걸 알고 있었기 때문이다. 그날의 나를 여전히 후회하고 부끄럽게 생각한다. 그때의 나는 진심으로 그 정도밖에 할 수 없었다.

　　매를 맞고 조롱을 당하고 끼니를 걱정해야 했던 나날 속에서도 울 수 있는 곳은 없었다. 물론 눈물은 흘렸다. 참을 수 없이 터져 나오는 눈물이었지만 어디에서도 마음을 놓고 울기는 어려웠다. 학교에서 집까지는 걸어서 삼십 분 정도 걸리는데 나는 그 길을 걷는 동안에만 울 수 있었다. 사람의 인기척이 없는 들판을 지날 때면 나는 걸음을 멈추지 않은 채 울어 댔다. 학교에서 있었던 일들을 부모님께 말할 수는 없었다. 한번은 아버지와 어머니가 학교생활은 즐거운지 내게 물었다. 나는 조금도 머뭇거리지 않고 내가 아닌 다른 친구의 이야기를 꺼냈다. 마치 그것이 나의 삶인 것처럼 아주 밝은 웃음을 보이며 잘 지내고 있다고 친구들도 나를 좋아한다고 아무렇지 않게 이야기를 지어냈다.

　　함께 괴롭힘을 받던 S는 어느 날 비닐하우스에서 농

약을 마시고 세상을 떠났다. 들판 너머 햇살이 스며드는 그 비닐하우스 안에서 그는 지친 숨을 내려놓았다. 그의 장례식에는 나를 제외한 대부분의 친구가 다녀왔다. 나는 갈 수 없었다. 감히 갈 수가 없었다. 그 장례식은 어쩌면 나의 장례식일 수도 있었기 때문이다. 그와 내가 둘만 남겨진 교실에서 서로를 바라보며 멋쩍은 미소를 나누곤 했었다. 웃을 일도 없었으면서 우리는 서로를 알아보는 게 민망했는지 짧게 웃음을 나눴다. 말 대신 어색한 미소로 버티던 그날들을 기억한다. 몇 마디 짧은 대화와 눈빛 속에서 우리는 서로의 버팀목이자 그림자였다. 나는 지금도 그 공기와 장면 그리고 그 침묵을 잊을 수 없다. S는 사라졌고 나는 남았다.

그리고 나는 우리가 아주 얇은 경계를 사이에 두었을 뿐이라는 것을 잘 안다. 그 시절 나는 늦은 밤이면 종종 불이 꺼진 시골 교회의 예배당에 홀로 들어갔다. 누구의 눈에도 띄지 않도록 몸을 낮추고 바닥에 바짝 엎드려 기도했다. 억울함을 고백하고 나를 괴롭히는 사람들을 용서할 수 있는 마음을 달라고 간절히 빌고 또 빌었다. 용서는 내가 구할 수 있는 유일한 기도였고 그것만이 내게 남은 힘처럼 느껴졌다. 상황이 나아지기를 바라는 기도는 하지 못했다. 이 현실은 그리 쉽게 달라지지 않으리라는 것을 이미 알고 있었기 때문이다. 지금도 오래된 나의 교회에 가면 기도하는 사람들 틈 사이로 과거에 웅크린 채 울며 기도하고 있는 나의 모습이 떠오른다. 어쩌면 그런 순간들이 지금의 나를 만든 것인지도 모르겠다. 아무 일도 없는 듯 생긋 웃는 그런 나를 말이다. 사회에서 다양한 일을 하며 살아갈 때도 어린 시절과 닮은 순간들이 불쑥 고개를 들곤 한다. 겉으로는 폭력이 사라진 듯 보이지만 그것은 단지 다른 얼굴로 그 모습을 바꾸었을 뿐이다.

어떤 폭력은 너무 정중해서 폭력인지조차 알아채기 어렵고, 어떤 폭력은 너무 흔해서 그것을 문제 삼는 쪽이 공격적으로 보이기까지 한다. 나는 그저 조용히 넘겼다. 이건 부당해요, 라고 말해 본 적도 없다. 어릴 적부터 몸으로 익혀 온 방식대로 나는 침묵을 택한다. 어른이 된 지금도 나는 여전히 숨을 죽이며 살아가고 있다. 그런데 그렇게까지 숨을 죽이며 살아가도 이상하리만큼 지워지지 않는 진동이 하나 있는 듯하다. 내가 품고 있는 미약한 진동을 어디선가 느낀 사람들은 말한다. "예은이는 괜찮을 거야." "예은이라면 이 정도는 감당할 수 있지." 그들이 감지한 나의 힘을 부정하지는 않지만, 그 말은 또 다른 폭력의 문을 열곤 한다.

나는 많은 일들을 견뎌 왔다. 어떤 일들은 생각보다 잘 해냈고 충실히 역할을 감당하기도 했다. 누군가는 그걸 성실이라고 부를지도 모르겠지만 나는 그것이 생존이

〈적극 도움받아 비행하기〉, 2023.

었음을 안다. 그래서 나는 살아남기 위해 풀 한 포기라도 쥐어 잡는다. 그 연약한 생을 놓지 않기 위해 그렇게 나는 내 삶을 이어가고 있다. 내게 보호자가 되어야 했던 부모와 인생에서 좋은 친구가 되어 줄 수도 있었던 사람들 그리고 사회라는 이름의 수많은 기회는 내게 언제나 작은 새처럼 느껴졌다. 그들에게 기대어 함께 날 수 있으리라 믿었던 마음은 이제 와 돌이켜보면 조금은 순진하고 아니, 부끄러운 감정이 더 크다.

　　시간이 흐르고 나는 날개가 돋아 스스로 날아오르기보다는 날개가 되어 주리라 믿었던 그 착각들을 천천히 되짚어 본다. 이제는 내게 진짜 날개가 돋아 스스로 날아가는 장면을 그린다. 도리어 날개가 되어 줄 것이라 여겼던 작은 새들을 내가 품어 주는 그런 날을 꿈꾼다. 그들을 향한 원망은 없다. 나를 실망하게 했던 그 모든 존재가 기형적이더라도 지금은 나를 지탱하게 만드는 힘이 되었다는 사실이 이상하리만치 따뜻하게 느껴질 때도 있다. 언젠가 내게 조금 더 힘이 생긴다면 그들과 함께 낯선 풍경 위를 날며 서로가 경험한 다른 세상의 빛과 바람을 나누고 싶다. 그 여정 속에서 내게 오래도록 남아 지워지지 않는 감정의 잔향 또한 언젠가는 바람 속에서 흐려지기를 그렇게 천천히 날아가기를 바란다.

희

희는 사람 곁에 빛처럼 머무는 사람이다. 어느새 다가와 온기를 건네고 눈짓 한 번만으로도 마음의 주름을 펴 주는 그런 사람이다. 그녀가 웃으면 그 웃음은 벽을 타고 전해져 방 안의 공기 사이사이를 보드랍게 만드는 것만 같았다. 그녀와 처음 만났던 날도 그랬다. 겨울바람이 유난히 날카로웠지만 희와 함께 걷는 동안에는 어째서인지 손끝이 시린 줄도 몰랐다. 그녀는 누군가의 하루를 가만히 덮어 줄 수도 있고 등 뒤에 서서 바람을 막아 줄 수 있는 사람이었다. 희는 자주 웃었다. 그녀만의 맑은 웃음으로 때로는 툭툭 튀는 장난기 어린 말투로 사람을 환기

〈모-시다: 희의 이야기〉, 2020.

시키는 말재주까지 지닌 유쾌한 사람이었다. 하지만 그 웃음이 단순한 낙천으로 보인 적은 없다. 그녀의 다정함은 결코 가벼운 천성만은 아니었다.

나는 그런 부드러움이 그녀가 견뎌 낸 시간 속에서 열심히 길러진 것이라는 것을 알고 있었다. 희의 밝음은 삶의 어두운 틈새를 조용히 지나온 빛이었다. 꺾이지 않으려는, 꺾이지 않았던 사람의 모습이었다. 나는 종종 한겨울의 해가 질 무렵 유난히 붉게 빛나는 하늘을 볼 때 희를 떠올리게 된다. 추운 계절 속에서도 빛을 머금는 법을 알았던 그녀를. 희는 슬픔을 품고도 그 너머를 바라보는 법을 알았다. 희는 서울에서 태어났지만 일찍이 아버지의 고향을 따라 완도로 내려가게 되었다. 그녀가 중학생이 되던 해 겨울 그녀의 말을 빌리자면, "운명이었는지 팔자였는지" 바다는 뜻밖의 침묵으로 마을을 덮었다. 태풍으로 인해 해마다 풍성하던 김 수확이 뚝 끊기듯 줄었고 바닷바람은 짠 내음보다도 막막함을 품고 불어왔다. 마을은 금세 말라붙은 듯 조용해졌다.

그해 희의 친구 대부분이 중학교에 진학하지 못했다. 집집이 살림살이가 빠듯했고 배움은 뒷전이었다. 학교는 그해 만큼은 모두에게 열려 있는 곳이 아니었다. 희에게도 마찬가지였다. 희는 배우고 싶다는 마음을 접어 넣어 두었다. 하지만 그 마음을 끝내 모르는 체하지는 않았다. 언젠가 다시 돌아갈 거라는 믿음이 그녀 안에는 분명히 있었다. 그렇게 희는 양말 공장을 운영하던 고모의 집으로 향했다. 아직은 어린아이였지만 희는 빠르게 일을 익혔고 조용히 자기 몫을 해냈다. 손끝에는 실밥이 얽히고 기계의 진동이 뼈까지 전해지는 날들 속에서도 희는 묵묵히 살아 냈다. 그러던 어느 날이었다. 늘 보리밥만 보던 그녀의 눈앞에 반가운 하얀 쌀밥이 놓인 적이 있었다. 하얀 김이 고요히 피어오르는 밥상 앞에서 희는 참을 수 없는 말을 꺼냈다. "조금만 더 먹어도 될까요?" 아주 작고 아주 조심스러운 목소리로 말했다. 그러자 고모는 그녀를 바라보기만 할 뿐이었다. 그 밥 한 숟갈은 목을 타고 넘어가는 것이 아니라 마음속으로 깊이 내려앉았다. 희는 말한다. "이해해요. 모두가 배고프던 시절이었으니까 정말 이해해요. 그런데 그날의 그 장면만은 이상하게 흐려지질 않아요." 그 흰쌀밥의 냄새와 밥상을 비추는 차가운 빛 그리고 밥상 너머 고모의 눈빛까지 지금 당장 보이는 것처럼 또렷하게 남아 있다고 희는 내게 말했다.

밤이면 희는 낡은 계단을 따라 조심스레 옥상으로 올라갔다. 낮 동안 실 먼지 가득한 공장을 누비며 일한 그녀의 몸은 피곤으로 휘감겨 있었고, 밤에는 별이 늘 맑고 또렷하게 떠 있었다. 희는 그 별들을 오래도록 바라보았다. 그러면서 아주 오래된 기도를 속으로 중얼거렸다. 그녀가 별을 바라본 진짜 이유는 그 멀고 높고 찬란한 것들이 고향과 연결되어 있다고 믿었기 때문이다. 어쩌면 어머니도 완도에서 같은 별을 보고 있지는 않을까, 하는 마음이었다. 그 밤들은 슬프면서도 아름다웠다. 희는 별을 바라보다 말없이 울기도 했다. 소리 없이 흘러내리는 울음은 이따금 멀리 있는 사람들에게 다다르는 안부처럼 조용하고 단정했다.

별을 보고 돌아와 그녀는 편지를 썼다. 서툰 손 글씨로 간절한 마음을 담아서 잘 지내는지, 건강한지 묻고, 걱정하지 말라는 말들을 반복하면서 글을 써 내려갔다. 편지는 희에게 작은 등불을 켜는 일과 같았고, 언제 올지 모르는 답장을 기다리는 일은 마치 먼 바다에서 떠오를 아침을 기다리는 일과도 같았다. 그렇게 계절이 여러 차례 바뀌고 일 년이 흘렀다. 완도로 돌아온 희는 다시 학교로 돌아가기에는 너무 많은 것이 변해 버렸다고 느꼈다. 그래서 검정고시를 준비해야겠다는 결심을 했다. 때마침 작은 아버지가 새로운 양말 공장을 연다는 소식이 들려왔다. 희는 짐을 꾸렸고 익숙한 작별 인사를 나눈 뒤 다시 집을 떠났다. 그렇게 그녀는 또 다른 공장으로 출근했다. 그곳에서의 시간은 한층 더 고단했다. 주간 열두 시간, 야간 열두 시간 번갈아 일을 했다. 희는 실타래처럼 엉켜 있는 노동의 시간을 살아갔다. 특히 야간 근무를 하는 날이면 아직 어리고 몸이 작았던 희는 기계 소리 사이에서 졸음을 참으며 일을 해야 했다. 때로는 졸고 있는 그녀를 본 언니, 오빠 들이 말없이 그녀 몫을 대신해 주곤 했다. 그 다정한 마음들은 공장의 먼지 속에서 고요히 빛났고 희는 그 마음들을 오래도록 기억했다.

그러나 모든 것이 다정했던 것만은 아니다. 가끔은 언뜻 스쳐 가는 말 한마디와 무심한 눈빛 하나가 희의 마음에 작은 돌을 하나씩 얹고 가기도 했다. 희는 그 돌들을 가만히 쥐고 살았다. 그 시절 사람들은 가끔 그녀가 들을 수 있는 거리에서 일부러 말을 흘리듯 수군거렸다. "그 집 작은아버지 참 못되지 않아? 저 어린애한테 일만 시키고. 학교도 못 가게 하고 말이야." "저 나이면 중학교에 다녀야 할 텐데. 야간 학교라도 보내지." 그 말들은 겉으로는 연민을 가장했지만 희는 그것이 진심 어린 걱정이라기보다는 그녀의 처지를 곁눈질 하며 나누는 가벼운 담소에 불과하다는 것을 잘 알고 있었다. 그 누구도 그녀의 손을 잡아끌어 주지 않았고 그런 말들 이후로 삶에서 무언가 달라지는 일도 없었다. 어쩌면 그들의 무심함보다도 걱정을 가장하며 내뱉던 말들이 더 가혹하게 느껴졌을지도 모른다.

희는 학교에 가고 싶었다. 그 마음은 마치 속살처럼 여려서 누구에게도 말 한번 꺼내 보지 못하고 홀로 가만히 안고 있었다. 그러나 이미 몇 해가 지나가 버렸고, 가난이라는 현실은 그 작고 여린 소망을 외면했다. 그녀는 어쩌면 처음부터 그 소망이 혼자만의 것이며, 스스로 이뤄내야 한다는 걸 본능적으로 알고 있었는지도 모른다. 그래서 사람들의 수군거림이 귀에 들려올 때면 희는 속으로 조용히 중얼거렸다. "팔자려니." 그 말에는 체념보다는 단단함이 담겨 있다고 생각한다. 희는 아직 어린 나이였지만 그녀는 그 말 하나를 꺼안고 자신의 자리를 묵묵히 지켰다. 물론 작은아버지가 미워질 때도 있었다. 일감에 파묻혀 졸음과 싸우던 새벽이면 종종 그 미움이 더 짙어지곤 했다. 하지만 희는 그 또한 감싸안았다. 자신이 학교에 갈 수 없었던 것은 누구의 잘못이라기보다 그저 자신이 올라탄 시간의 흐름이었다고 생각했다. 희는 그 시절을 이야기할 때면 먼 옛날의 빛바랜 풍경을 꺼내듯 조용히 웃는다.

그녀는 그 시절을 미워하지 않았다. 어쩌면 그 시절조차도 지금의 그녀를 이끈 느리고도 조용한 물살 같은 것이었는지도 모른다. 희는 자신이 할 수 있는 일을 언제나 성실히 해냈다. 낮에는 공장에서 실을 감고 기계를 돌리고 먼지 낀 바닥을 쓸었다. 손끝에 감기는 실밥 하나에도 힘을 실었고 마감 시간에는 언제나 누구보다 먼저 자기 몫을 마쳤다. 일과 일을 꿰어 이어 붙인 바쁜 하루 사이 일이 끝나면 곧장 발걸음을 돌려 영어 학원으로 향했다. 지친 몸이었지만 희는 꼭 영어를 배우고 싶었다. 시대가 달라졌기에 영어만은 알아야 한다고 생각했다. 야간 근무를 한 날이면 아침 햇살을 맞으며 학원으로 향했고, 낮에 일을 한 날이면 피곤한 몸을 이끌고 늦은 저녁에 강의실 문을 열었다. 졸음과 싸우며 적어 내려간 알파벳 위로 희의 고단한 하루가 겹겹이 내려앉았지만 그녀는 자주 웃었다. 노래를 좋아했던 희는 팝송으로 공부하는 시간이 어느 때보다 즐거웠다. 익숙하지 않은 단어를 흥얼거리며 외우는 순간마다 그녀의 마음은 조금 더 넓은 세상에 가까워지는 듯 설렘으로 가득 찼다. 그러나 종종 그녀의 노력을 가볍게 여긴 이들은 조롱을 던졌다. "미국 사람을 만나게 될 것도 아닌데 무슨 영어냐." "그 시간에 돈이나 더 벌어라." 그런 말들은 희의 머리를 차갑게 식혔지만 의지를 꺾지는 못했다. 희는 자신이 무엇을 위해 움직이는지를 알고 있었고 남들의 비웃음보다는 자신의 마음을 택하는 사람이었다. 그런 말들이 머릿속에 맴돌 때면 희는 다음 날 더 일찍 눈을 떴다.

희는 또 자신을 꾸미는 것을 아주 좋아했다. 삶의 경계 어디쯤 있는 듯 공장의 답답한 공기 속에서도 희는 늘 빛나는 사람이고자 했다. 어릴 적부터 희는 '멋쟁이'라고 불렸다. 그 말은 단순한 별명이 아니라 희가 자신의 삶을

〈더 크게 축하〉, 2024.

대하는 태도였다. 그녀는 화려한 색을 사랑했고 반짝이는 것에 끌렸다. 패션을 위해서라면 여름에 겨울옷을 입기도 했고 겨울에 얇은 옷을 입기도 했다. 사람들의 시선이야 어찌 되었든 근사하다고 생각하는 옷차림으로 하루를 사는 게 희에게는 자신을 잃지 않는 하나의 방식이었다. 공장에서 일을 할 때에도 그녀는 단정하지만 매력적인 옷차림을 고수했다. '공순이'라는 말 아래 뭉뚱그려지고 싶지 않았다. 옷을 고를 때마다 그녀는 그 옷을 입은 자신이 어떤 기분일지를 먼저 떠올렸다. 거울 앞에서 천천히 머리카락을 빗으며 오늘도 괜찮다고 마음속으로 말하는 그런 하루의 시작을 소중히 여겼다. 쉬는 날이면 집에만 머물지 않았다. 어린이대공원의 나무 그늘에 앉아 아이들 웃음소리를 듣고 남한산성 언덕을 걷고 바람을 맞았다. 혼자서도 잘 놀았고 때때로 사랑을 시작하기도 했다. 기대에 미치지 않는 날들도 있었지만 희는 슬픔을 품에 안은 채 다시 웃을 줄 아는 사람이었다. 그녀는 사랑을 선택하는 데 주저하지 않았고 상처 앞에서도 고개를 떨구지 않았다. 희는 그렇게 누구보다 성실하고 당당하게 자신만의 삶을 운영하고 있었다.

희의 하루는 늘 반짝이는 실밥처럼 이어졌다. 그리 크지 않은 방과 빠듯한 살림살이 속에서도 그녀는 일상을 자신만의 색으로 수놓으며 만개하고 있었다. 떠올리고 싶지 않은 날들도 분명 있었지만 그 시절만의 낭만이 있었고 그 낭만 때문에 버틸 수 있었다고 했다. 나는 그녀의 말을 들으며 천천히 고개를 끄덕였다. 그녀의 말에는 익숙한 웃음이 스며 있지만 눈가에는 물빛이 고여 있었다. 그날 우리는 오래도록 함께 앉아 있었다. 어떤 순간에는 말을 잃기도 했고 또 어떤 순간에는 웃음을 터뜨리기도 했다. 긴 시간 동안 희는 자신의 기억을 천천히 꺼내 놓았고 나는 그 기억들이 바람결처럼 흘러가는 것을 지켜보았다. 희는 자주 웃었고 나는 그 웃음을 기억한다. 넘어진 적은 수없이도 많았지만 끝내 꺾이지 않았던 사람의 웃음을 말이다. 사방이 어두운 밤임에도 스스로를 끌어안고 반짝임을 지켜 온 사람의 얼굴을 기억한다. 그 얼굴을 바라보면 지금 짓고 있는 저 미소는 어쩌면 그 긴 밤들을 걸어 나온 사람만이 지을 수 있는 빛이라는 것을 느끼게 된다. 나는 그 미소가 오래도록 잊히지 않기를 바란다. 바람이 불어도 꺼지지 않는 등불처럼 주변을 오래도록 비추기를 바란다. 지금까지 해 왔던 것 처럼. 그렇게 단단하고 따듯하게.

풀의 자리

2025년 봄에 경북을 할퀴고 간 불의 기척이 아직 공기 중에 남아 있었다. 나는 한 계절을 지나 청송으로 촬영을 갔다. 타다 남은 송진 냄새가 옅게 섞였고 입안으로 쓴 맛이 느껴졌다. 그곳에서 작업을 하시는 한 작가님이 주민과의 인터뷰 협업을 제안하셨고 나는 그 프로젝트의 전반적인 사진 기록을 맡았다. 그런데 막상 눈앞에 놓인 풍경은 단순히 기록이라는 말로 붙잡기엔 너무 많은 것을 잃고 난 자리였다. 화마가 지나간 숲, 흙과 나무, 그 속에서 견뎌 낸 사람들의 숨이 뒤엉킨 채 남겨진 풍경 앞에서 기록이라는 단어는 입안에서 가볍게 부서졌다. 각기

다른 사연을 품은 목소리들이 한순간에 밀려 들어오자 말들은 목울대에서 자꾸 되돌아섰고 셔터 하나 누르는 일조차 놀라울 만큼 무거워졌다.

인터뷰가 마무리되고 잠시 시간이 생겼을 때 동행한 또래 코디네이터에게 함께 산으로 들어가 보자고 했다. 우리는 돌도, 나무도, 흙도 모두 타 버린 숲의 안쪽으로 천천히 걸어 들어갔다. 돌도 타는구나. 그때 처음 알았다. 손에 쥔 검은 돌은 비늘처럼 얇게 벗겨지고 발밑의 재가 걸음마다 피어올랐다. 나무줄기를 더듬으면 손끝마다 그을음이 묻었고 검은 가루는 몇 번을 털어도 손등에서 쉽게 떨어지지 않았다. 그 침묵의 한복판에 초록이 있었다. 재와 그을음 사이를 비집고 돋아나는 가느다란 풀들. 어떻게든 기꺼이 살아남겠다는 의지를 초록으로 쓰고 있었다. 그 풀의 몸은 그날 마주한 어른들의 등줄기와 닮아 있었다. 일터이자 삶의 터전을 잃고도 떠나지 않은 사람들의 검은 계절을 온몸으로 건너는 느린 호흡과 닮아 있었다. 검게 그을린 흙을 비집고 돋아나는 풀처럼 내 삶에도 서로를 기꺼이 떠받치며 일어서는 이들이 있었다.

옆 마을에 사는 원준이 아저씨는 우리 면에서 모르는 사람이 거의 없는 지적장애가 있는 사람이다. 대부분의 날을 늘 웃는 얼굴로 마을을 빙 돌며 일손이 필요한 곳이면 어디든 들러 손을 보탠다. 오전엔 트럭의 상자를 옮

〈풀은 그냥 자란다〉, 2025.

〈풀은 그냥 자란다〉, 2025.

기고 오후에는 비닐하우스의 문턱을 들어 올리고 해 질 녘엔 슈퍼 앞 의자에 잠깐 앉아 하루의 열기를 바람에 식힌다. 그 대가로 밥 한 그릇을 얻어먹거나 소주 한두 잔을 부딪히며 하루를 마무리한다. 아저씨는 우리 할아버지를 유난히 좋아하셨다. 할아버지가 살아 계실 때면 옆 마을에서 사십 분 남짓 걸어와 우리 집에 자주 머물렀다. 할아버지 또한 지적장애가 있는 분이었기에 말수가 적은 두 분 사이에는 말이 아닌 다른 것이 통하는 통로가 있었던 모양이다. 현관 밖에서 슬리퍼를 털고 들어오면 아저씨는 비닐봉지 하나를 내밀었다. 여기저기서 돈을 모아 산 과자였다. "아버지께 드려" 하고 내미는 손을 기억한다. 둘은 소파에 나란히 앉아 말없이 웃거나 거실에 쪼그려 앉아 함께 마늘을 까기도 했다. 사락사락 떨어지는 마늘 껍질 소리가 두 사람의 대화처럼 집 안에 쌓였다.

할아버지가 세상을 떠났을 때 원준이 아저씨는 비어 있는 우리 집 거실 한가운데서 어린아이처럼 엉엉 울었다. 식구 외에 왕래가 잦은 인연이 없었던 할아버지의 인생에서 그는 오래된 친구처럼 울었다. 장례가 끝난 뒤로 아저씨는 예전만큼 자주 오지는 않았다. 그래도 해마다 한두 번은 현관문을 벌컥 열고 들어와 밥을 달라고 한다. 어머니는 단 한 번도 그의 청을 거절한 적이 없다. 아저씨의 그 맑은 웃음이 집안의 공기를 둥글게 만든다. 밥그릇을 깨끗하게 비우고 나서는 그의 뒷모습에서 익숙한 리듬을 발견한다. 그를 보며 나는 나의 할아버지를 다시 마주한다.

우리 집에는 원준이 아저씨 말고도 몇 달씩 혹은 몇 해씩 머무는 두 자매가 있었다. 서울에서 부모님과 인연을 맺었던 어떤 이들의 자식들이었다. 가세가 기울던 때 돌볼 여력이 없어 시골로 보내진 이들이었다. 어른들 생각에는 어른이 없어도 아이가 많은 집이면 외롭지 않을 거라 여겼던 모양이다. 우리는 천방지축이었다. 산으로 들로 뛰어나가 논두렁과 하천을 마음껏 헤집고 다녔다. 저녁에는 어린 동생들을 누가 업을지 정했고 누구는 업고 누구는 업히고 또 누구는 어린 동생의 발바닥을 쓸어 주었다. 가장 어린 동생은 순번제로 우리의 등에 올랐다. 언니가 지치면 내가, 내가 지치면 또 다른 언니가 등에만 올라가면 뜨거운 고구마가 되는 아이를 업고 또 업었다. 우리는 마치 오래전부터 그렇게 살아온 가족처럼 자연스레 역할을 나눴다. 밥을 먹이고 기저귀를 갈고 울음을 달래는 일이 당연한 숙제가 되었다. 어른이 없는 저녁이면 어머니가 미리 만들어 놓은 김치부침개를 나눠 먹었다. 우리는 조각을 공평하게 나누는 데 유난히 엄격했다. 그 시절의 배고픔은 이상하게 다정함으로 기억된다. 서로의 몫을 지키는 법을 익히게 해 주어서 그런 듯하다.

돌아보면 그들이 우리 집에 머무르던 시간은 임시 방편처럼 보였지만 어쩐지 그때의 우리는 가장 살아 있었다고 말할 수 있는 날들이었다. 허름한 이불을 나눠 덮고 남은 반찬으로 밥을 비벼 먹고, 걱정과 기대를 서로의 어깨에 잠깐씩 나눠서 지며 버틴 시간이었다. 그 좁은 집에서 우리는 누구도 완전히 쓰러지지 않도록 서로를 지탱하고 있었다. 그 불안하고 서툰 나날들이 어떤 부연 설명도 없이 생활이라고 부를 수 있는 시간이었음을 이제는 알 것 같다. 그녀들의 머묾이 사람답게 만드는 법을 알려 주었다. 한 방에 이불을 겹쳐 깔고 낮에 있었던 일들을 밤새 이야기했다. 그 사이사이에 '우리'라는 말이 자랐다. 혈연이 아니어도 함께 밥을 먹고 잠을 자고 이야기를 나누면 어느 순간 가족이 된다는 것을 우리도 모르는 새 배웠다. 그들이 잠시 부모를 보러 간 날이면 이부자리에 언제나 온기가 남아 있는 것 같았다.

사춘기였던 어느 해에는 집을 나간 적이 있다. 중학교 동창 남자애들이 탈선을 시작했다는 걸 잘 알고 있었다. 그중 C는 유난히 큰 덩치와 강한 인상 때문에 사람들이 어색한 웃음으로 지나가는 아이였다. 그의 어머니가 집을 비운 지 오래였고 형과 동생 셋이 살았다. 절친한 친구는 없는 것 같았다. 어떤 숙제 때문이었는지 잘 기억은 안 나지만 우연한 저녁에 통화를 계기로 우리는 조금씩 이야기를 나눴다. 대개는 회의적인 이야기였다. 죽고 싶다는 말을 입에 달고 살던 나에게 C는 시답잖은 농담을 던져 웃게 했다. 그와 이야기를 나눈 하루들 중에는 꽤 좋았던 날도 있었다.

중학교 3학년 때 내가 전학 온 아이에게 맞던 시절, 학교에 잘 나오지 않던 그는 나중에 그 일을 알고 분을 삭이지 못한 채 껌만 씹어 댔다. 대신 그는 가끔 학교에 오면 내 사물함에 바나나우유나 과자를 넣어 두었다. 우리는 늘 과장이나 허세 없이 진심으로 이야기를 나눴다. 고등학교 1학년 때 나는 결국 가방을 들고 C가 지내고 있는 곳을 물어서 그곳으로 갔다. 그곳에는 서로 다른 이유들로 모인 이들이 있었다. 그와 비슷한 또래의 친구들과 몇 명의 여자애들이 뒤섞여 사는 공간이었다. 나는 그에게 나도 여기서 살고 싶다고 집으로 가고 싶지 않다고 말했다. C는 현관문 앞에서 웃으며 나가서 밥이나 먹자고 했다. 우리는 허기부터 채웠다. 식당 구석의 자리에서 나는 울었고 그는 젓가락을 놓고 듣기만 했다. 울음이 멈추자 그는 주머니에서 구겨진 지폐를 꺼내 내 손에 쥐여 주었다. "여기 있지 마. 너는 공부를 잘하잖아. 나한테 더 좋은 친구가 되어 줘. 멀리멀리 가." 나는 그날 밤 다시 집으로 돌아왔다. 집은 여전히 답답하고 나는 여전히 힘들었지만 C의 말이 마음에 남았다. '멀리서도 좋은 친구.' 그 말이 며칠씩 나를 붙들어 주었다.

　시간이 흘러 몇 해 전 C의 결혼식에 갔다. 그는 자신의 친구들에게 나를 붙잡고 자신의 결혼식 날에 나의 자랑을 늘어놓았다. "대학교도 가고 대학원도 다니고 있어. 서울에서 예술가로 활동해." 그는 시종 들뜬 목소리로 내가 엄청나게 성공한 예술 작가인 듯 떠들었다. 사실과 어긋난 것들이 많았지만 나는 굳이 고쳐 주지 않았다. 그라면 그렇게 떠들어 대도 좋았다. 그날만큼은 그의 사람들에게 마음껏 허풍을 쳐도 괜찮은 자리를 내주고 싶었다.

　돌이켜보면 우리는 서로를 구하지 않았다. 다만 어느 날 서로를 잠깐 멈추게 했다. 누군가의 눈물을 끝까지 들어주는 일과 주머니 속 지폐를 아무렇지 않게 꺼내 쥐여 주는 일, 사물함에 달콤한 우유를 넣어 두는 일. 그런 사소한 몸짓들이 우리를 내일로 밀어 올렸다. 그것은 검게 그을린 땅에서도 기어이 뿌리를 얽어 서로를 지탱하던 그 숲의 풀들을 닮아 있었다. 서로의 가장 어두운 모서리를 한 번씩 들어 올려본 사람. 그 정도면 그때의 우리에게는 충분했다. 어떤 삶은 이를 악물고 끝까지 애쓰며 앞으로 나아가고 어떤 삶은 그 애씀조차 사그라들어 그저 어찌저찌 오늘을 붙잡는다. 누구는 무릎을 세우고 누구는 굳은 손목을 쓸어내리며 밥 한 그릇과 잠깐의 숨으로 하루를 겨우 이어 붙인다. 그 척박한 시간 속에서도 삶은 계속된다. 재와 그을음을 뚫고 묵묵히 고개를 드는 저 풀들처럼 우리도 그렇게 살아간다.

감사의 글

살아온 흔적을 글로 남기는 일은 늘 조심스럽습니다. 저는 줄곧 시각적 이미지나 행위의 잔상으로 소통해 온 사람이기에 더욱 그렇습니다. 이미지는 보는 이의 마음에 닿아 무한히 확장되지만, 혹여 저의 납작한 설명이 작품과 관객 사이에서 일어나는 가장 내밀하고 고유한 대화에 불청객처럼 끼어드는 것은 아닐까 염려했습니다.

작업이 제 손을 떠난 순간부터 온전히 당신과 마주하는 것이기를 바랐기에, 저는 늘 작업 뒤에 숨어 말을 아끼는 쪽을 택했습니다. 작업은 만드는 사람의 손에서 끝나지 않습니다. 그것을 바라봐 주는 타인의 눈빛 속에서 비로소 생명력을 얻습니다. 내 것이지만 내 것이 아닌 이 작업들 앞에서 겸손해질 수밖에 없는 이유입니다. 하지만 오늘은 그 오랜 두려움을 잠시 내려놓습니다. 나를 스쳐 간 인연들이 남긴 온기가 너무나 선명하여 그 고마운 이름들을 한 번씩 다정하게 불러 보고 싶었기 때문입니다.

혼자서는 결코 닿을 수 없는 마침표였습니다. 글이라는 낯선 두려움 앞에서 멈칫거릴 때마다 보폭을 맞춰 함께 걸어 주신 바다출판사에 깊은 감사를 전합니다. 허기진 젊은이에게 수많은 끼니를 베풀어 주신 나의 다정한 어른들, 그리고 안개 속 같은 길 위에서 기꺼이 서로의 이정표가 되어 함께 걷는 동료들에게도 마음을 전합니다. 무엇보다 이 책의 진짜 주인인, 자신들의 삶을 기꺼이 들려준 모든 분께 고개 숙여 감사드립니다.

언제나 무용한 줄 알면서도 나의 생사를 확인해 주는 친애하는 벗 소서, 기댈 수 있는 다정한 어깨를 내어 주는 나의 J, 내 삶의 가장 깊은 뿌리인 사랑하는 가족들에게 가장 깊고 다정한 사랑을 전합니다.

끝으로 사진과 글 사이를 서성이던 나의 기록을 손에 쥔 당신에게 안부를 묻고 싶습니다. 나의 이 서툰 고백이 당신의 계절에 작은 위로가 되었는지요. 이 책에 담긴 누군가의 안간힘이, 오늘을 버티는 당신에게 악수처럼 닿았기를 바랍니다. 당신의 삶이, 그 어떤 척박한 땅에서라도 기어이 푸르며 당신만의 속도로 단단하게 걸어가시기를 소망합니다.

어느 계절에 이예은 드림

〈내려다보는 사람〉, 2025.

〈미국으로 가는 법〉, 2021.

〈표시등〉, 2022.

〈눅눅한 등받이〉, 2025.

〈피아노 연주하기〉, 2021.

〈차 우리기〉, 2021.

〈녹아 흐르면서 시작되는 삶〉, 2025.

허공에 안착하기

초판 1쇄 발행 2026년 2월 6일

지은이 이예은
책임편집 양하경
디자인 주수현

펴낸곳 (주)바다출판사
주소 서울시 서대문구 신촌로3길 15 6층
전화 02-322-3675(편집) 02-322-3575(마케팅)
팩스 02-322-3858
이메일 badabooks@daum.net
홈페이지 www.badabooks.co.kr

ISBN 979-11-6689-393-3 03810